アルマ

～運命のペン～

ウィリアム・ベル 著／岡本 さゆり 訳

アルマ　運命のペン

第一章

「アルマ、ブラシでにんじんをよく洗ってね」

夕食に使う野菜をブラシで洗っているアルマの手は、冷たい水のせいでひりひりしていた。

その朝、母親のクララは、大はしゃぎしながら紙包みを冷蔵庫から取りだして、テーブルにどんっと置いた。でもアルマは包みを開けるなり、こうつぶやいたのだ。

「なあんだ。ただのお肉じゃない」

ひょっとしたら、パイとか、いちごのソースがとろりとかかったチーズケーキかもしれないと期待していたのに。

「子羊よ。昨日、お店のキッチンでちょっとあまったの。シチューが作れるでしょ」

「だけどこれ、ほとんど脂肪《しぼう》みたい」

アルマは、ぎらぎら光る白い脂肪におおわれた肉を、指でつっつく。

「まあ。アルマはシチューを好きだと思っていたのにねえ」

子羊の肉は、あっというまに小さく切られてお皿の上に乗っかった。

「マカリスター先生に野菜の皮はちゃんとむきなさいって言われたんだけど…」

アルマはそう言いながら、洗い終わったひょろひょろのにんじん二本を、ひとくちサイズに切られたたまねぎとじゃがいもの横に置く。

「先生のおっしゃることを否定するつもりはないけどね、皮にこそ野菜の栄養があるの。だれだって知っていることよ」とクララ。

「だけど先生はね、教養のある人はふつう皮をむきますよ、なあんて言うのよ」

アルマはわざと、先生への反感をあおりたてるようなことを言った。あと三十分もすれば先生がうちにやって来るからだ。アルマのことで話があるらしい。いまのうちに、お母さんを味方につけておきたかった。

クララは、いちばんいい服を身につけ、クリスマスにアルマからもらった髪《かみ》どめで、栗色《くりいろ》の長い髪をまとめあげている。

「ふん！」

クララは鼻をならして、これでもかというように力いっぱいにんじんを切りはじめた。

「さあ、これでぜんぶ切れたわね」

アルマがテーブルに深なべを置いた。クララが、両手いっぱいのじゃがいもを中に並べ、肉を重ねる。次にたまねぎとにんじんを加え、塩、こしょう。今度はアルマが同じように材料を入れる。

なべに水をそそいだとき、ドアをノックする音が聞こえた。

「先生だわ。アルマ、お通しして。私はふちが欠けていないティーカップを探さなきゃ」

アルマはドアを開けた。マカリスター先生が、路地をじろじろとなめるように見ている。路地向こうの玄関先《げんかんさき》にころがっている、つぶれた空きカンでも数えているのだろうか。

アルマは、先生のコートをドアのうしろにかけた。振《ふ》り向くと、まえに提出した宿題とティーカップが、テーブルに並んでいる。

「そんなにお時間はかかりませんから」先生はこう切りだした。

「今日は、娘《むすめ》さんが提出された宿題のことでお話がありますの」

アルマは先生の左どなりにすわって、自分のひざをじっと見つめた。ここから逃《に》げだしたい……。

ちらりと前に目をやると、クララが人さし指で親指のつめをカチカチとならしている。緊張《きんちょう》しているときのいつものくせだ。クララは先生の新しい上等そうなワンピースとイヤリングを見つめ、自分のすり切れたえりもとを手でかくした。

「先週の金曜日に、生徒たちがお話を書いてきましたの。アルマが書いたものを読んでみますわね」

クララはうなずいた――カチカチとつめを鳴らす音。

「ななかりななかり、お姫《ひめ》さまがいたとさ」

マカリスター先生はアルマをじろっと見てから、クララのほうを向いた。

「いつもみなみあるさんじゅうを着ている姫に、公爵《こうしゃく》さまがこう言ったとさ。『あなたのことをかるいしずめると、胸がひくくなる。あなたはすばらごに！』」

マカリスター先生が、アルマの宿題をテーブルにばさっと置く。

「私がなにを言いたいのか、おわかりですわね？」

アルマはクララの顔をちろっと見た。クララは、口もとをきっと結んでカチカチつめを鳴らしている。

「アルマ、いったいぜんたい…」

アルマは下を向いた。

「このわけのわからない話はなんなの、アルマ！」

アルマは、せきばらいをしながら顔をあげた。先生もクララもにらんでいる。

「ええとこれは…」

あとを続ける勇気がない。どう説明したらいいんだろう？　こんなお話を書いたのは、前の週にルイス・キャロル※の本を読んだせいだ。キャロルの本には、ことば遊びがいっぱいつまっている。アルマは感心したり大笑いしたりしながら、本を読み終えた。

※ルイス・キャロル　「不思議の国のアリス」を書いた十九世紀のイギリス人作家。作品中に、ことば遊びがたくさんある。

キャロルのように、ことばで自由に遊べたら！　ナンセンスなことばに意味を持たせたり、その逆をやって楽しめたら！　そんな気持ちがつのって、自分でもやってみたくなったのだ。

マカリスター先生なら、とうぜんキャロルの本を読んでいるはず。だって、どんな本でも読んでいそうだもの――アルマはそう思って、こんなお話を書いてみた。先生が気に入ってくれるだろうと信じて。

でもまちがっていたんだ…。アルマは、おとなふたりの石のように固い視線をあびながら、どうにかこれだけつぶやく。

「あたし…おもしろいかなあって思ったんです」

「おもしろいって何が？　お願いだからわかるように話して」

クララがせかすようにたずねる――カチカチとつめを鳴らす音。

深く息を吸うと、ようやくするりとことばが出てきた。

「ええと…ことばのなかに数字がかくれていたら、それに一を足してみたんです。たとえば、『服』は『ふく』で二と九だから、それぞれに一を足して「さんじゅう（三十）」ってふうに。

あと反対語があることばは反対語にしてみたんです。『きたない』の場合、『きた』と『ない』に分けて、『きた（北）』の反対の『みなみ（南）』、『ない』の反対の『ある』をくっつけて『みなみある』っていうぐあいに」

クララは、ますますまゆをひそめる。

マカリスター先生が小指を上品にそらして紅茶をすすり、形のよいまゆをつりあげて優しく言った。

「アルマ、もう少しわかりやすく言ってくれる？」

「たとえばこの『かるいしずめる』ということばのもとの意味は、『かるい』の反対の「おもい」と『しずめる』の反対の『うかべる』をくっつけた『おもいうかべる』なんです。あと、『胸がひくくなる』のもとの意味は『胸が高なる』で…」

マカリスター先生は、クララを見ながら頭を横にふってお手あげのポーズをした。

クララが宿題のたばをつまみあげる。そして、せきばらいをしてからゆっくり口を開いた。

「ええとつまり…この『なかりなかり』っていうのが、『むかしむかし』の意味だってこと？

『む（六）』に一を足して『なな（七）』で、『かし（貸し）』を反対語にして『かり（借り）』だから…」

クララのひたいからしわが消えて、口もとがにやりとゆがんだ。そしてとつぜん、大笑いしたのだ。

「すばらごに！」

マカリスター先生はきびしい顔つきのままだ。明らかにむっとしている。どうしようもないと思っていた宿題が、もうひとりのおとなに受けているからだろう。

「すばらしい」の意味の「すばらごに」はアルマのお気にいり。でもお母さんといっしょに笑っていいのかな？　それとも先生に合わせて深刻ぶっていたほうがいいの？

「だけどアルマ、なんのためにこんなことをしたの？　あなたにしかわからない話を書いてもしょうがないじゃないの」と先生。

「わかりません。ただおもしろいかなと思って…」

アルマはそうくり返した。やっぱりルイス・キャロルのことを言うのはやめておこう。

「はじめから終わりまでそういうふうに作ったの？　とんでもなく時間がかかったでしょうね」

アルマは母親のクララのほうを向いてうなずく。クララは先生をじっと見つめている。

「まあ、なんて言ったらよろしいのかしら…。私も気がつけばよかったですわね」

マカリスター先生は、口のなかでもごもご言っている。こんなにあわてているのを見たのははじめてだ。先生は姿勢をただして、大きなため息をついた。

「いずれにしても、この宿題を受けとるわけにはいきませんわ。ずいぶん頭を使ったみたいですけど、きまりを守っていないのですから」

「でも、もういちど話を書くことを認めてくださいますわね」とクララ。

「ええと、それは…」

「それが公平というものですわ。アルマは宿題を提出したのですから」

「まあ、それはそうですわね」

「ありがとうございます。アルマ、あなたもお礼を言いなさいな」

アルマはぺこりと頭をさげた。

こうしてマカリスター先生は、毛皮つきのウールのコートと黒い皮手ぶくろを身につけて帰っていった。クララは待っていましたとばかりに、なべを電気コンロにかける。

「さあてとアルマ、私は仕事に出かけなきゃ！　冷蔵庫の受け皿にたまった水を捨てるのを忘れないでよ。あとシチューを見はっていてね。かき回しちゃだめ。ふきこぼしたりこがしたりしないように気をつけてちょうだい。七時には食べにもどるから」

「はあい、お母さん」

クララは、なべのふたを軽くたたいた。

「きっとお味は、『すばらごに』！」

クララはいたずらっぽく目を光らせてから、ぷっとふき出した。

「もっちろん！」

第二章

アルマは金曜日の午後がいちばん好きだ。それは読み聞かせの時間があるから。授業がぜんぶ終わると、マカリスター先生はたなから本を取りだしてすわり、読み聞かせをしてくれる。ベルが鳴って副校長のボイド先生がお帰りの放送を流すまでずっと。

いつも読んでくれるわけではない。まず生徒たちの机がきれいに片づいていること、本だなの上のえんぴつ立てに黄色いえんぴつがまっすぐ立ててあること、消しゴムがみんな箱にしまってあること、戸だなの中に絵の具入れや筆がちゃんとしまってあること、などの条件つきだ。

マカリスター先生が本を手にとると、アルマはすぐに机の上でうでを組む。そして手の甲《こう》にほおを押《お》しつけてうっとり目を閉じる。先生は頭が固くてきびしいけど、読み聞かせのときだけは、生徒たちが目をつぶってもかまわないのだそうだ。先生がボイド先生にそうささやいているのを聞いてしまった。

目を閉じると、アルマはいつのまにか物語の船に乗って海をただよっているような気持ちになる。先生の声の波間をこいでいき、やがて物語の国に到着《とうちゃく》。そして登場人物といっしょになぞをといたり、びっくりしたり、旅に出たり…。

このすてきな時間がずっと続いたらいいのに。でも、そのうちベルがするどい音で鳴りひびいて、アルマははっとわれにかえる。そして、チョークのにおいやべたべたの指紋《しもん》、教室をまうほこり、雨の日ならば自分のウールの服がじっとりしめっていることに気づくのだった。

アルマが次に好きなのは、火曜日と木曜日の午後にある書き方の授業だ。九月に進級したころはお手本を下にしいていたが、今は使っていない。火曜日にはアルファベットの前半を、木曜日には後半を練習することになっている。

アルマは、線と線のあいだをきれいな字でうめるのが大好きだ。アルファベットの*a*、*c*、*g*の曲線の部分はまん丸く。*p*、*j*、*g*の下に突《つ》き出ている部分は力強く。*b*と*l*の輪になっているところはできるだけ優雅《ゆうが》に。そう思いながらいつも紙に向かうのだった。

十月初めの木曜日のこと。

休み時間が終わって教室にもどると、なぜか同級生たちがざわついていた。教室の前に見たことのない女の人がいて、マカリスター先生と話していたからだ。

先生は上着のすそのボタンをいじりながら、笑顔《えがお》でうなずいている。女の人は薄手《うすで》のコートにレースつきの革ぐつをはき、髪《かみ》の毛は茶色。耳もとには銀色の髪どめが光っている。先生より太っていて年も上のようだ。

やがて、紙のがさがさいう音とくつでゆかをこすってすわりなおす音が、教室じゅうにひびきわたった。授業の始まりだ。アルマは教えてもらったとおりにえんぴつをにぎり、大文字の𝓛を書きならべた。木曜日は𝓛から書き始めることになっている。

次は小文字の𝓁。アルマは𝓁の輪の大きさをそろえるのに夢中だったので、先生と女の人がそろそろと列のあいだを歩いていることに気づかなかった。アルマがふと顔をあげると、目の前にいた女の人がにっこりほほえんだ。丸い顔で、前歯のあいだにすきまがある。

「アルマ、続けて。じゃまするつもりはないから」と先生。

ふたたび紙に向かうと、ふたりはアルマの後ろでささやきながら、ルイーズの机に向かっていった。

ルイーズは先生のお気にいりだ。アルマはルイーズの新しいドレスやくつ、それにいつもまわりにひっついている仲間たちを見ると、むしょうに腹が立ってくる。あの仲間たちときたら、いつもすずめのようにピーチクパーチクさえずって、ルイーズが何か言うたびにいちいちもっともらしくうなずくのだ。もちろん、アルマが腹を立てることではないのだけど。

「私としてはあちらの方が…」

お客さんの声。でもアルマにはどうでもいいことだ。いまはただ、字をきれいに書きたいだけ。大好きな *w* を、できるだけていねいに書きならべたい。

アルマは紙を裏がえしてまっ白な面を上に向け、青インクの清潔なにおいにひたりながら、線と線のあいだに字をうめはじめた。そしていつのまにか、文字の輪や曲線を美しくそろえることに夢中になっていた。

図工が始まりますよ、という声が聞こえて顔をあげたとき、女の人の姿はどこにもなかった。

やがて帰りのベル。

アルマとルイーズは、クレヨンと色えんぴつを戸だなのなかの木箱にしまうように先生からたのまれた。ほかの生徒たちが、列をなして静かに教室から出ていく。明日の朝まで自由になれてほっとしたというように。

マカリスター先生が、ほこりっぽい布を上下に大きく動かしながら黒板をふいている。上着のすそが胴《どう》のところでゆれたりはねたり。先生は白いチョークを一本取って、黒板の右はしに明日の日付を書いた。

一九三二年　十月　七日

そのあと、ふたりが集めたクレヨンのたばから、使いすぎで紙がはがれたものや持てないくらい短いものを抜《ぬ》きとった。

「これはもう捨ててもいいわ、アルマ」

アルマは両手をおわんのように差しだして、ろうのようにすべすべのクレヨンを受けとった。そして無意識のうち両手に分け、片手分だけ机のそばのごみ箱に捨て、残ったクレヨンをこっそり自分のポケットにすべりこませる。

アルマはごくんっと息を飲んだ。

先生、気がついたかな？　ううん。そっぽを向いて書き方の本を本だなの上に片づけようとしているもの。じゃあルイーズは？　あの子にばれたらまずい。告げ口するに決まっている…。でもルイーズは調子っぱずれの鼻歌をふんふん口ずさみながら、もうコート置き場に向かっていた。

アルマは胸をどきどきさせて先生にさよならを言い、ルイーズのあとを追いかけた。いつもより早足で。

第三章

母親のクララがアパートのドアを開けたとき、アルマはちょうどテーブルを片づけて紅茶を入れたところだった。ふたりの住まいには、外に通じているドアがふたつある。ひとつは路地に面している玄関《げんかん》。もうひとつはいまクララが入ってきたドアで、リフィー・パブというパブ（居酒屋）の倉庫とつながっている。リフィー・パブじたいは、アルマたちの住まいの真上にある。

クララはドアをしめてかぎをかけた。

「ただいま。でもまたすぐに出かけなきゃ！　リフィー・パブの今夜のそうぞうしさといったら、ちょっと半ぱじゃないんだから！」

小さなテーブルには、がらのちがうお皿が二枚。アルマが並べておいたのだ。クララは、新聞紙の包みをお皿の横に置いた。魚と油のにおいの湯気が、ゆらゆら立ちのぼっている。魚とポテトのフライだ。きっとコーナーさんが見ていないときに、リフィー・パブのキッチンからもらってきたのだろう。

クララはリフィー・パブで働いている。コーナーさんはそこのオーナーで、三部屋あるこのアパートをふたりに貸してくれている人だ。

クララは、からまった前髪《まえがみ》を手首でかきあげていすにすわった。新聞紙の包みからふにゃふにゃの魚とポテトをつまみあげ、お皿に取りわける。アルマが鼻にしわを寄せた。

「文句言っちゃいやよ。まだけっこう温かいんだから。お酢《す》をかけて食べようか。油切れがよくなるから」

アルマには、夕食にけちをつける気なんてまったくない。魚とポテトでじゅうぶん。クララが、どんなに忙《いそが》しく店で働いているかよく知っているからだ。

クララは、リフィー・パブで下働きをしている。テーブルを片づけて、お皿やよごれたナプキン、コップ、ビールのジョッキなどをワゴンの上のおけに入れ、キッチンの流しに運ぶ仕事だ。そのうちウェイトレスかバーテンダーになりたいと思っているが、しばらくはなれそうもない。なぜかというと、観光シーズンが終わって、いまは一年のうちもっとも仕事がない季節だから。それどころか逆に仕事を減らされ、昼は週二日、夜は金曜日と土曜日しか働けなくなってしまった。

アルマは、かおりのいい琥珀色《こはくいろ》のお酢をフライドポテトにたらした。塩とこしょうをふって、フォークでひとくちサイズに切る。

クララが食べ終わるのはあっというまだった。仕事がクビになったらどうしようといつもびくびくしているからだ。なにしろリフィー・パブでの仕事が決まってこのちっぽけなアパートに移るまえは、家賃をはらえなくて三回も引《ひ》っ越《こ》しているのだから。

クララは半年前にはもう、働く時間が減らされることを知っていた。それで近くの図書館で仕事を見つけて、そこでも働いている。

クララがティーカップを置いて、口を開いた。

「そういえば今日、先生からお電話があったわよ」

アルマのフォークの先っぽにささっているフライドポテトの半かけが、こおりついたように宙で止まった。でもそのとき、リフィー・パブとつながっているドアをどんどんたたく音が。

「おい、クララ！　いいかげんに店にもどってくれよ！」

「…やあね、さけばないでほしいわ！　すぐに行くっていうのにさ」

クララがコーナーさんに聞こえないように、低い声でぶつぶつとつぶやく。

「電話のことはあとで話すからね」

クララはそう言いながら立ちあがってお皿とフォークを流しに置き、ドアに向かってさけんだ。

「コーナーさん、いま行くわ！」

アルマの体は、相変わらずこわばっている。

マカリスター先生は知っているんだ。あたしがクレヨンを盗《ぬす》んだことを！　ばれちゃったんだ。アルマは、本だなの横にある缶《かん》にクレヨンを入れたことを思いだした。どうしよう？

「そんなに緊張《きんちょう》しないでよ。幽霊《ゆうれい》のようにまっさおじゃない。今度はいい知らせなんだから」

クララはアルマのひたいにキスをしてから、ドアを開けた。

「ちゃんとかぎをかけておいてね」

クララが行ってしまっても、アルマの体は固まったままだった。

いい知らせのわけないじゃない。先生ったらそんなことを言って、あたしをからかっている
の？　ひどいよ。ううん、やっぱり先生はそこまでいじわるじゃない。すごくきびしいし、帰るころにはしょっちゅう不機嫌《ふきげん》になっているけど…。だったらクレヨンのことじゃなくて別の話なのかな？　いったい何だろう？

アルマはやかんの水をわかし、流しでお皿を洗いはじめた。流しの上には窓があって、路地ぜんたいを見渡せる。アルマはゆっくり手を動かしながら考えごとをしていた。早くソファーで丸くなって本を読みたいな…。

お皿とマグカップとフォークをふいてたなにしまい、ほうっとため息をつく。食器がすべてセットでそろっていたら、どんなにすてきだろう…。もしナイフやフォークが重い純銀製で、欠けたティーカップやさびたスプーンなんかなくて、ちゃんとしたミルク差しや砂糖入れがあったら…。

アルマはそんなことを考えながら、テーブルをふき、板張りのゆかをはいていた。そしてほうきとちりとりを、カーテンの向こうにあるコートかけの金具にかけた。

もういちど、やかんに水を入れておく。夜中に帰ってくるクララのために、紅茶の用意をしておくのだ。そのあと電気を消してトースターわきの灯りをつけ、かぎを確かめてからキッチンをあとにした。

アルマの部屋は、リビングとしても使われている。置いてあるものは、ソファーベッド、すりきれた布でできたひじかけいす、それに窓辺にある本だなくらい。本だなといっても、れんがと板を重ねただけ。そのてっぺんには、図書館から借りた数冊の本と大切なものを入れるクッキー缶《かん》がある。

缶の中にあるものは、春ごろ道ばたで拾ったポケットナイフにえんぴつけずり、クリップ、ピンのこわれたブローチ、それについこのあいだ、色とりどりの短いクレヨンが一ダースほど仲間に加わった。アルマはまた、マカリスター先生からの電話を思いだした。クレヨンは捨てたほうがいいのかな？　でもお母さんはいい知らせだと言っていたし、いま決めるのはやめよう。

本だなの下の段には、アルマの本が並んでいる。小さいころ、母親のクララは毎晩のように読み聞かせをしてくれた。図書館のカードも、物心ついてすぐに作ってくれた。でも新しい本は、なかなか買ってもらえない。

「本を買うのをむだづかいだと思っているわけじゃないのよ。ただね、うちには本当にお金がないの」クララはそう言う。

それでも、リードバンク通りにある「ターンアラウンド」という古本屋で、ときどき本を買ってくれることがある。そこで買った絵本や小説が、本だなに並んでいるのだ。アルマは、「リアナ物語」、「ホール伝説」、「マーシュランド公爵《こうしゃく》」などの物語を、もう何回も読み返した。でもたなのいちばんいい場所を占領《せんりょう》しているのは、アルマにとって特別な七冊の本だった。

ぜんぶＲＲホーキンズという作家の本だ。「真実の世界」というシリーズが三冊と、「変わりゆく世界」というシリーズが四冊。

この七冊はすごくおもしろいのだが、それだけではない。すりきれていても布張りだから風格がある。もともとは図書館の本で、古くなって安売りされそうだったのをクララがもらってきたのだ。それで、カバーの内側に「処分」のスタンプが押《お》してある。

背表紙には、すてきな月桂樹《げっけいじゅ》のしるしとRRホーキンズの頭文字のRRH。金色のゴシック体で印刷されている。アルマは今まで読んだ本のなかで、この七冊がいちばん好きだった。

アルマは本に夢中になると、終わりが近づくにつれてゆっくりと読むくせがある。ひと文字ひと文字を味わいたいからだ。読み終わってしまうのがおしくて、なかなか次の文に進めない。それでもついに読み終わってしまうと、本を閉じてゆっくり裏返してみる。そして指で背表紙をなぞりながら、カバーに書いてある文字をじっくり読み返すのだ。

ときどきアルマは、表紙近くのコピーライトなどがのっているページに、作家の電話番号があればいいのにと思う。そうしたら作家に電話してこの物語がどんなに好きかという思いを伝えたり、質問したりできるのに。

たとえばこんなことを聞いてみたい。話のアイディアはどうやって思いついたのですか？　じっさいに経験したことを書いているのですか？　登場人物にはモデルがいるのですか？

どうやったら読者を物語の世界に引きずりこめるのですか？

もちろん、アルマには電話する勇気などない。もし電話をしても、きっと舌がもつれてしまって、お忙《いそが》しいところにお手間を取らせてすみません、と口ごもりながらあやまるのがせいいっぱいだろう。いつ相手をおこらせてしまうかとびくびくしながら。

でも本当は、作者になど会わないほうがいいのかもしれない。せっかく物語のおかげで夢ごこちの気分になっているのに、魔法《まほう》がとけてしまうかもしれないからだ。それに物語は、もうすでにアルマひとりのものになっているし。

アルマは、大好きな物語をからだの一部のように感じることができる。わざわざ登場人物になりきる必要もない。もし先生に、どうしてその物語が好きなのとたずねられたら「理由はともかく、大好きなんです！」と、答えるしかないだろう。

でも感想文を書くときは、それほど好きではない物語を選ぶことが多い。その方が書きやすいのだ。思い入れたっぷりの物語になると、心がその世界に行ったきりもどってこないので、かえって気持ちを書きあらわせない。だいたい口に出すのがもったいない。それに、登場人物、できごと、テーマとあれこれと分析《ぶんせき》しだしたら、せっかくの魔法《まほう》がとけてしまう気がする。美しい陶器《とうき》の花びんの中身を見ようとして、こなごなにくだいてしまうようなものだ。

アルマは、なんとしてもRRホーキンズに会ってみたかった。せめて電話で声を聞くだけでもいい。じっさいそうなったら、しどろもどろになるだけだろう。でも聞きたいことは山ほどある。

たとえば、「変わりゆく世界」シリーズに出てくる人たちのことばのこと。あと「ごつごつ山脈」とか「毒草平原」などの場所や、物語に出てくる地図のこと。(地図には、激しい流れの川や山々、広い海や湖、砂漠《さばく》などがえがかれている)

また、「真実の世界」シリーズに出てくる生きものたち、たとえば人間とそっくりなのに銀色のうろこがあるレンレンや、魔力《まりょく》を使って世の中を乗っ取ろうとたくらんでいるワイレンのことなども。

あとぜひ聞きたいのは、どうやったら作家になれるのかということだった。アルマはずいぶん前から作家になりたいと思っているのだ。

ＲＲホーキンズの本を読み始めたころ、アルマはこの作家の姿をよく想像した。きっとしわくちゃのツイードジャケットをはおっている中年のおじさんだろう。ジャケットのひじには皮のつぎあて、首にはくたっとたれた赤いちょうネクタイ。変わり者で創造力豊かなホーキンズのことだから、そこらへんにあるちょうネクタイとはちょっとちがう。

丸い顔にピンクのほお。きらきら光る青い瞳《ひとみ》。銀ぶちめがねの奥《おく》からのぞく人なつっこい笑顔《えがお》。脳みそが大きい分、おでこが出ているはずだ。頭がよすぎて、周りの人と話が通じないことがあるかも。学生時代には、辞書を丸暗記したりして。

それにしても、ＲＲホーキンズのＲＲは何の略だろう？　ロバート・ランドール？　ルパート・ランドルフ？　それとも、リチャード・レインハート？

夏休みが始まったころ、アルマは古本屋「ターンアラウンド」に行ってみた。ＲＲホーキンズの七冊目の本を読み終えて、すぐのことだ。店はせまくてむさくるしい。窓ぎわには時代物のつむぎ車が置いてある。アルマは小さなベルのあるドアを押《お》し開けて、しらが混じりのおじいさんに近づいた。おじいさんは、はしごを使って天井《てんじょう》近くの本だなに本を置こうとしていたのだ。

「いらっしゃい」

おじいさんは、ぶ厚い本を置きながらアルマに声をかけた。

「こんにちは」とアルマ。

「なにかお探しかね？」

おじいさんはそろそろはしごを降りながら、アルマの方を振《ふ》り向いた。ぎいぎいときしむ音がする。はしご？　それともおじいさんの骨の音？

「あのう、ＲＲホーキンズの本はありますか？」

「ふうむ、名前は聞いたことがあるが…」

おじいさんは頭をかきながらアルマを手招きすると、本でいっぱいのかべの中からＨで始まる名前を見つけて指でなぞった。

「ここに六冊あるよ」

「ああ…そこにあるのはぜんぶ持っています。七冊目も。じつはほかにもないかなって思って」

おじいさんはポケットに両手を突《つ》っこんで、カーディガンをひざまで伸《の》ばすようにぐいっと下げた。

「ほかにあるかどうかわしは知らんなあ。でもまあ、確かめてみるからついておいで」

本が山と積まれているテーブルのあいだに、せまい通路がふたつある。おじいさんはアルマに手招きして通路を通り、裏手のカウンターに行った。そして赤い表紙のぶ厚い本を取りだし、首にぶら下がっている半月形のめがねをひょいとかけた。

「英語で書かれた本なら、これにすべてのっているんだがね」

おじいさんはそう言ってたまねぎの皮より薄《うす》そうなページをぺらぺらめくり、細かい文字を上から下へと指でたどった。

「ここだよ。ホーキンズ、ＲＲ」目を細めてしばらくながめている。

「ほかの本は出ていないようだねえ」

アルマはがっくりと肩《かた》を落とした。

「この作家のファンなんだね」

「はい。両方のシリーズをお母さんからもらったんですけど…ホーキンズってもう亡くなったんですか？」

「さあ、どうだろうね。わしはファンじゃないからよくわからんなあ。ファンタジーはあまり好きじゃなくてね」

「…わかりました。どうもありがとう」

こうしてアルマは、またドアのベルをちりんと鳴らして店から出たのだった。


アルマは図書館から借りた本を手に取って、夕食まえに読んでいたページを開いてみる。みなしごの女の子が、農場に売られていくというお話だ。

天井《てんじょう》の上では、リフィー・パブのバンドがキーキーと音合わせをしていたが、やがてケルト音楽を演奏しはじめた。軽快なおどりの曲や、戦いに負けて故郷への想いを歌う悲しげなメロディー、それに楽しげな酒盛りの歌などを、次から次へと。

アルマはずっと本を読んでいたが、やがて眠《ねむ》くてたまらなくなり、パジャマに着がえてベッドに入った。しばらくすると調理油とタバコのにおいがただよってきた。ひたいに軽くキスされたことまでは夢うつつに覚えているが、いつのまにかぐっすりと眠りこんでいた。

第四章

土曜日の朝、アルマは音を立てないようにいつも気をつけている。母親のクララが寝室《しんしつ》のドアをぴったり閉めて、お昼まで寝《ね》ているからだ。

その朝も、牛乳箱のかんぬきをできるだけそっと引っ張って、配達されたばかりの牛乳とパンを取りだした。そして前の晩に牛乳代を入れておいた封筒《ふうとう》を開けておつりを数え、牛乳を冷蔵庫に入れて上着をはおる。最後にかぎを持っているかチェックし、カウンターの上のびんからクッキーを四枚ひっつかんで、玄関《げんかん》からしのびでた。

よく晴れてすがすがしい朝だ。リフィー・パブの前の通りから、パカパカという馬のひずめの音が聞こえてくる。氷屋さんの馬のガートルードが、荷馬車を引きずっているのだ。わらにうまった氷のかたまりの重さで、荷馬車がギシギシと鳴っている。

通りに出て港へ向かう。道の両側に、板張りの家々がくっつきあって建っている。まるで、一軒《いっけん》の細長い家にドアとポーチがたくさんついているみたいだ。それぞれ色がちがうので、色とりどりの箱が港から広場まで続いているようにも見える。

税関の建物を通りすぎた。となりには、大きなカエデの木がそびえている。

ふと立ち止まった。そばのお屋敷《やしき》の窓で、何かちらっと動いた気がしたからだ。このお屋敷はステュアート屋敷といって、ここシャーロッツバイトでいちばん古い。もう半年間、だれも住んでいないはずなのに…。

そういえば、同級生のロビーがこの家をおばけ屋敷と呼んでいた。おばけなんているわけない。まったくロビーはばかなんだから！　そう思いながらも、また黒っぽい人影《ひとかげ》がゆっくり動いたので、アルマは息を飲んで木かげにかくれた。少しでもよく見えるように、痛くなるほど首を伸《の》ばしてみる。だれがしのびこんでいるんだろう？　しばらく木のかげにかがみこんでいたのだが、もう見えない。

あきらめて港までぶらぶら歩き、人影のない船着き場のとなりの公園を通りぬける。この港は古い港だ。今では貿易港としての地位を西にある別の港に奪《うば》われてしまったが、代わりに観光地としてにぎわうようになった。

夏になるとヨットや魚つりのボートが浮《う》かび、シーフードレストランやみやげ物屋が立ち並ぶ。でも、今はシーズンではないので閉まっている。


アルマには父親がいない。

幼いころはずっと「お父さんは長い旅に出ているのよ」と聞かされていた。それで、夏じゅう船着き場につながれていた大きな船を思いだして、想像をふくらませたものだった。お父さんはあの船に乗って旅に出かけたんだと…。

空想の中のお父さんは、甲板《かんぱん》の手すりに立ってパイプをくゆらせ、こちらに手を振《ふ》っている。やがて船は港をはなれていき、カモメのような白い帆《ほ》がどんどん小さくなる。そして地平線あたりでカーブした波のひだに飲みこまれ、ついには見えなくなってしまう。

さすがに今では、父親のいない理由はわかっている。アルマが一歳《さい》にもならないころ、じゃがいも収穫機《しゅうかくき》から落ちて、首の骨を折って死んでしまったのだ。

でもそれを知ったあとでも、ヨットの浮かぶ港と船着き場と公園は、相変わらずお気にいりの場所だった。足が向くとまず水平線をざっと見渡し、そして船の帆が見えないか、つい目で追ってしまう。

母親のクララは、夫が死んだあとも農場を続けようとした。でも、もともと経営状態が悪かったのでひとりの力では続けられず、借金がかさんで手放してしまった。結局、農場を売ったお金のほとんどは借金と税金に消え、手もとには残らなかった。ふたりは町に引《ひ》っ越《こ》したが、クララひとりのパートの仕事ではとても暮らしていけない。

それでもクララは、きっぱりこう言う。

「つめの中に赤土が入るような生活は、にどとごめんだわ」と。また、

「農夫や漁師といっしょになっても苦労するだけよ。海や土地にたよって暮らすのはかんたんなことじゃないの。危険がいっぱいだし」とも。

岸辺には、栈橋《さんばし》が規則正しく並んでいる。ボートがたくさん停められるように枝分かれして

いて、ところどころに船の名ふだが打ちつけられている。

　夏になると、とたんに港はにぎやかになる。ヨットが行きかい、観光客が集まるからだ。観光客は、写真をとったりアイスクリームをなめたりしながら岸辺を散歩する。そのわきで、大道芸人たちがヴァイオリンを弾《ひ》いたり、タップダンスをおどったり……。

　でも今日の港は、わびしいだけだ。がらんとした桟橋《さんばし》に、見捨てられたような船着き場……。防波堤《ぼうはてい》のあたりでは、水がちゃんとした波の形にならずにちゃぷちゃぷとでたらめにゆれている。

　この季節になると、何千羽というカナダガンが飛んでくる。鳥たちは点々と川面に浮《う》かび、潮が引くといっせいに川底をついばむ。そして潮が満ちると、ガーガー鳴きながら巨大《きょだい》な雲のように舞《ま》い上がって、川向こうに飛んでいく。そこには収穫《しゅうかく》を待つばかりの畑があって、たわわな実を結んでいるからだ。

　カナダガンは、一生、同じ相手とそいとげると本に書いてあった。まるでお母さんみたいだとアルマは思う。

帰り道、アルマはまたステュアート屋敷《やしき》を見あげた。さっき怪《あや》しい人影《ひとかげ》を見たお屋敷だ。でも、窓のカーテンは閉まっていた。

「ねえ。ステュアート屋敷にだれか住んでるみたい」

昼ごはんの時間、アルマが話を切りだした。お皿の上には目玉焼きのサンドイッチ。パンのはしからしみでるほどケチャップをかけるのが、アルマの好きな食べ方だ。

「新しいカーテンがかかっていたもの」

「そうなの？　よかったじゃない」

クララは昨日の新聞を読みながら、紅茶をすすっている。風呂上りのぬれた髪《かみ》を、色あせたガウンの肩《かた》にたらしたまま。

「空っぽの家を見ているのはさびしいものね。ところで今日、いっしょに買い物に行く？」

「うん」

アルマは心のどこかで、お母さんがマカリスター先生からの電話のことを忘れていたらいいのにと思っていた。でも早く聞いて終わりにしたい気もする。どっちつかずはいやだけど、自分から言いだすのはちょっと…。

「明日は日曜日よね。何したい？」クララはのらりくらりと聞いてくる。

「ショーに行かない？」

「それは午後に買い物をしたあと、お財布の中身がどのくらい残っているかによるわねえ」

「だったら古本屋の『ターンアラウンド』に行くっていうのは？」

「ねえ、よく聞いてちょうだい。こっちは、あなたの冬のコートとブーツを買うためにずうっとお金を貯めているのよ。あなたときたら、雑草のようにぐんぐん背が伸《の》びるんだから。本にお金をつぎこむなんてわけには、とてもいかないの」

アルマはがっくりと頭をたらした。お母さんはときどき言い方がきつくなる。お金の心配ばかりしているから、しょうがないけど。

「ところでマカリスター先生からのお電話のことだけどね」

アルマはグラスを下に置いた。胃の中のサンドイッチが、いきなりこちこちにかたまったような気がする。

「先週の木曜日、授業中にお客さんが来たでしょう？」

「うん。先生と何か話しながら、教室のなかを行ったり来たりしていた」

「なるほどね。じつはこれっていいニュースなの。その人、オリヴィア・チェノウェスさんっていってね」

「変な名まえ！」

「変な名まえかどうかはともかくとして、その人、あなたを雇《やと》いたいんですって」

「あたしを？」

「そう。マカリスター先生はいつもの調子で、どんな仕事なのか、はっきりおっしゃらなかったわ。たぶん家事手伝いじゃないの？　そのオリヴィアさんって方、お母さまとふたり暮らしなの。何でも遠くからこしてらしたばかりらしいわよ。電話番号を教えてもらったわ」

アルマは働いたことがない。でも自分でお金をかせぐなんてちょっとかっこいい。急に自分が大人になったような気がする。

「どう思う？」クララは立ちあがって、ティーポットにお湯を足した。

「もっとお金が使えるようになるってわけよ。もちろんどんな仕事かわからないから、会ってみるのが先だろうけどね」

「じゃあ、会いに行ってみる。お母さん」

クララは、パブにある電話を借りにドアから出て行った。そして「世の中ってせまいわねえ…」とつぶやきながらもどってきたのだ。

「今日の三時に来てくださいですって。それとねえ、さっきステュアート屋敷《やしき》のことを話していたじゃない？　なんと、あのお屋敷にこしてきたのが、オリヴィアさんとそのお母さんだったのよ！」

第五章

アルマはカエデの木の下に立っていた。ここは今朝、ステュアート屋敷の中をのぞこうとして、かがみこんだところだ。まわりを見ると、屋根に窓があるのはこのお屋敷だけ。窓わくと雨戸にぬられていた緑色のペンキが、すっかりはげ落ちている。芝生《しばふ》に転がっているのは、こわれたポーチの手すりらしい。

アルマは通りを渡って、ミシミシ音がする階段をのぼった。門を開けるとちょうつがいがギーッときしむ。まったくロビーが好きそうな不気味な家なんだから――アルマはそう思いながら、ライオンの頭の形をした鉄製ノッカーを持ちあげ、ドアをコツコツたたいた。

オリヴィアさんが現れた。上品な言い方をすれば「ふくよかな」女性、というところだろうか。緑のペイズリー柄《がら》のドレスに灰色のカーディガン、それにビーズのネックレス。近いせいか、教室で会ったときより老けて見える。白髪《しらが》まじりで目じりにしわがあるのだ。

「どうぞ、いらっしゃい」と、オリヴィアさん。

「ジャケットをこちらにちょうだいな」

オリヴィアさんは、アルマを連れて短い廊下《ろうか》を歩いた。そこらじゅうに「アトランティック引《ひ》っ越《こ》し会社」と書かれた段ボール箱が積んである。リビングに入ると、どのかべも家具だらけだ。巨大《きょだい》なラジオセット、その両わきにソファー、レースの布を垂らしたテーブル。暖炉《だんろ》のそばには、焼けこげのついた厚手のマットが敷《し》いてある。カーテンだけが新しい。

「どうぞすわってちょうだい。何かお飲みになる？　お茶？　それともジュースかしら？　炭酸飲料はないんだけど」

「いいえ、けっこうです」アルマは答えながら、窓ぎわにある布張りのいすにすわった。

「そう？　それでは」

オリヴィアさんは、アルマの向かいのソファーのはしにちょこっと腰《こし》を下ろした。いつでもすっとんで行けるようにという感じだ。

「お仕事の内容をお教えするわ。もちろん、あなたが引き受けてくださったらの話ですけど」

アルマはうれしくなった。オリヴィアさんが「お母さまが引き受けてくださったら」と言わなかったからだ。

「私のことはオリヴィアさんって呼んでくださいね。私は母の秘書であり、話し相手でもあるの。あなたと連絡をするのは私ですけど、あなたの雇《やと》い主は、正確にいうと母なのよ」

オリヴィアさんはひと休みした。アルマに意味をわかってもらえるように、ということだろう。いかにも教育をちゃんと受けた感じの話し方だ。ことばのひとつひとつを注意して組みあわせている。でも、ここらへんの人のアクセントではない。

「母は…そうね、詳しいことは言えませんが、世界各地の人と手紙のやり取りをしていて、それをとても大切にしているの。その手紙の書き方というのがまた独特で、こだわりがあるんです。あなたの学校に行ったのは、きれいな字の生徒を探すためだったのよ。そして結果として、あなたを選んだというわけ」

「ありがとうございます」

アルマはお礼を言った。この部屋にルイーズがいたら、ぜひ聞かせてやりたいのに。

「それでね、アルマ」オリヴィアさんが続ける。

「手紙はすべて手書きであるべきだって母は考えているの。ちゃんとした人ならそうするべきで、タイプした手紙には心が通わないというふうにね。ちょっと古くさい考えの人なのよ。でも母は手がふるえるようになってしまって、もうきれいな字を書けないの。私も忙《いそが》しいから、とても代わりに書くひまがないわ——もちろんこれは、私が母にオーケーをもらえるくらいきれいな字を書けたらの話ですけどね。もしあなたが引き受けてくださったら、私も母もとても助かるのだけど」

アルマは深呼吸した。

「何をしなくてはならないのか、よくわからないんですけど…」

「それはそうね。まず私が、手紙の内容を母から聞いて書いておくわ。それをきれいな字で清書していただきたいの。あとは封筒《ふうとう》にあて名を書くだけ。もちろん母があとで署名するわ。かんたんでしょ」

「はあ」アルマはほっとひと息ついた。じっさいかんたんそうに思ったからだ。

「それでやっていただけるかしら？」

アルマは、いつもお金の心配をしている母のことを思いだした。働いたら助けることができる。

「はい」

「まあ、よかった。それでは火曜日の放課後と土曜日の午前中に来ていただけるかしら？　いかが？」

「わかりました」

「そう。それでは母を紹介するから、ついて来てちょうだい」

オリヴィアさんは、アルマを連れて廊下《ろうか》に出た。右側のキッチンを通りすぎる。アルマのアパートのキッチンに比べるとはるかに広い。ぴかぴかのカウンター、四つもある料理用コンロ、ゆかはただの板ではなくて白と黒のタイルばり。オリヴィアさんはドアの前に立ち止まってノックした。

「お入りなさい」とかすかな声。

オリヴィアさんはドアを開けて、広々とした部屋にアルマを引きいれた。白髪《しらが》のおばあさんが、部屋のはしにある革の安楽いすにすわっている。れんがづくりの暖炉《だんろ》では炎《ほのお》が勢いよく燃えているのに、おばあさんは厚手のショールを細い肩《かた》に巻いている。黒いドレスの首もとや手首を、きゅっとボタンでとめて。

となりには、象牙色《ぞうげいろ》の飾《かざ》りひもがついた真ちゅう製のフロアランプ。反対側の台に置かれているのは、大きなガラス製の灰皿、こった飾りがついているライター、そして黒い漆《うるし》ぬりの箱だ。ふたの開いた箱には、紙巻たばこがきちんと並んでいる。灰皿のはしには、たばこを吸うときに使う象牙《ぞうげ》のホールダー。船をこぐオールのような形をしている。

窓からちゃんと光が入って暖炉の炎がパチパチと燃えているのに、なぜか薄暗《うすぐら》くて陰気《いんき》くさい。かべ紙は栗色《くりいろ》で、細い金色のたてじま入り。その下のかべ板は黒っぽい。フローリングのゆかには、こい紺色《こんいろ》の厚いじゅうたんが敷《し》いてある。空っぽの本だなには、荷物を片づけたあと本が入るのだろう。その前に、カシの木でできた大きな机がふたつ。タバコのむっとするにおいで部屋じゅうが重苦しい。

「お母さま、アルマよ」とオリヴィアさん。

「アルマ、こちらが私の母です。リリーさんって呼んでください」

アルマは、オリヴィアさんのうしろに思わずかくれてしまいたくなった。リリーさんの黒い瞳《ひとみ》が、矢のようにするどくこちらを見つめているからだ。目からあごまできざまれた深いしわ。面長《おもなが》の顔。鼻がタカのようにとがっていて、薄《うす》いくちびるをへの字に曲げている。

「こちらにいらっしゃい」

びっくりするほど低くて力強い声なので、アルマは圧倒《あっとう》されてしまった。背中の後ろで握《にぎ》りこぶしを作り、おずおずと前に進みでた。

「アルマというのね？」

リリーさんは、ゆがんだ黒い木製の杖《つえ》に両手をかぶせて、前に寄りかかった。

アルマは、意識してリリーさんの手を見つめないようにした。青白いほっそりした指のつけ根あたりが、赤くふくれてこぶのようになっているからだ。まるで手ぶくろをせずに長いあいだ寒さにさらしていたかのようで、痛々しくてとても見ていられない。オリヴィアさんの言うように、手がふるえるのも無理はない。

「はい、リリーさん」アルマはつばを飲みこんだ。

リリーさんは口を一直線に結ぶと、くちびるをゆるめて灰色の歯を少し見せた。そして、アルマの顔を記憶《きおく》するかのようにじっと見つめ、口を開いたのだ。

「なるほど…いいことの前ぶれかもしれないわね。いいことの。あなた、『アルマ』がどんな意味なのか知っていますか？」

「いいえ、あまり…」

「『あまり』というのはどういう意味？」

リリーさんは、眉間にしわをよせた。

「知っているの？　知らないの？」

「し…知りません」アルマが口ごもる。

リリーさんのいかめしい顔に、キツネが歯をむき出したような笑《え》みがもどった。

「アルマというのは、ラテン語で『育てる人』、アラビア語では『学問がある人』という意味です」

アルマは、もういちどつばを飲みこんだ。なんて答えればよかったんだろう。

「はあ」

「あなたが、このたのもしい名前に恥《は》じない人であると、期待することにしましょう。ところで、あなたのすばらしい『手』のことは娘《むすめ》から聞いています。私のために働いてくれそうなことも」

「はい」返事をしながらアルマは考えた。

すばらしい「手」って、どういう意味だろう？　はっきりしているのは、この部屋に――というかこの屋敷《やしき》に――にどと来たくないっていうことだけ！

「ではテストすることにしましょう。満足できる字を書けるなら、この仕事を任せることにします」

老女はいすの背中をきしませて深くすわり直した。ひざに杖《つえ》を置き、いつでもたたきますよとでもいうようににぎりしめている。

「ありがとうございます。リリーさん」アルマはつぶやいた。

オリヴィアさんが、アルマの肩《かた》をさわってうしろを向かせる。部屋から出るようにという意味だ。ドアが閉まり、アルマはまたリビングに連れていかれた。

「ではアルマ、説明するわ。ここにすわってちょうだい」

オリヴィアさんがいすを引いた。その拍子《ひょうし》に、マホガニー製の机の曲がった細い足がぐらついたように見えた。

机の仕切りだなに、封筒《ふうとう》や便せんが入っている。机の上には、まわりに革がついた緑の吸い取り紙、くさりつきの真ちゅう製ランプ、それにペンを二本させるガラス製のペン立てが置いてある。ペン立てには、真ちゅうのふたのインクつぼと物入れにするくぼみがあり、クリップと見たことがない小さな物が入っている。それも真ちゅう製みたいだけど、いったいなんだろう。

「それでは、アルマ」オリヴィアさんは、アルマのそばにあった机にいすを引き寄せた。

「ここでやってくださる？　見ておわかりのとおり、必要なものは全部そろっているわ。ここに便せんがあって――」

オリヴィアさんは、仕切りだなからタツノオトシゴのすかし模様が入っているぶ厚いクリーム色の便せんを取りだした。

「あそこに封筒があって――」もうひとつの仕切りだなを指さしている。

「ここにペンとインクがあります。あなたが来る日には、このファイルを置いておきますからね。母が言ったことをタイプして、中に入れておくわ。あなたはそれをただ書きうつして封筒にあて名を書いて、クリップでとめればいいの。できあがったら、こちらのファイルにはさんでちょうだい。いいわね？」

「はい」

でも本当は、はい、なんて答えたくなかった。にどとこんなところに来たくない。異様な熱気でむんむんしているこの薄暗《うすぐら》い家には。薄気味《うすきみ》の悪い女の人がふたりもいて、奥《おく》の部屋でじいっとすわっているおばあさんなんて、まるで鬼《おに》ばばみたいなんだもの。

「ところで、初めのうち、むずかしいだろうと思うことがひとつあるの。母に使うように言われているペンのことよ」

オリヴィアさんが、一本のペンをペン立てから取りだした。

たしかに変わったペンだ。まずペン先がない。えんぴつより長くて黒い木でできている。そういえば、この家にあるものはほとんど黒い。ペンは、片側がふくらんでいて、もう片方はネズミの尻尾《しっぽ》のように細くなっている。

オリヴィアさんは、ガラスのペン立てのくぼみから真ちゅう製の物をひとつつまみあげて、ペンのふくらんでいるほうにある円形の切り口に差しこんだ。この小さな物は、ペン先だったのだ。

次にインクつぼのふたを開けて、黒インクの中にペン先を沈《しず》めた。インクつぼのへりにペン先をすべらせて、余分なインクを取りのぞく。

「試してみる?」オリヴィアさんが、アルマにペンを渡した。

アルマはペンを受けとって、吸いとり紙に便せんを置いた。マカリスター先生から教わったとおりにきっちりと。便せんは、表面がなめらかで重みがある。

「何を書いたらいいんでしょう?」

「何でもいいわ」オリヴィアさんが、いすから立ちあがりながら答えた。

アルマはまず自分の名まえを書くことにした。つぎに「クララ」。それから好きな色「黄色」、お気にいりの場所「リトルウォーフ港」と続けてみる。

手が動くにつれて、光り輝《かがや》くペン先から漆黒《しっこく》のインクがなめらかに流れ出し、つややかな紙の上にあとをつけていく。

ところが、好きな野の花「ヤナギラン」（マカリスター先生に言わせれば、正確にいうと野の花ではないらしいが）を書いている途中《とちゅう》で、ペン先がかわいてしまった。アルマはインクつぼにペン先をひたして、オリヴィアさんがやったようにガラスつぼのへりにこすりつける。書きおわってペン立てにペンを差したところで、オリヴィアさんが口を開いた。

「片づけるまえに、ペン先をふいてちょうだいね」

オリヴィアさんは、ソファーにすわってずっとアルマのことを見ていたのだ。

「引き出しにティッシュがあるわ」

机の大きな引き出しを開けると、ティッシュの平たい箱が、便せんと封筒《ふうとう》のたばといっしょに入っていた。アルマはペン先をふいてペン立てに差し、いすをひいて立ちあがった。

「それでは土曜の朝に待っているわね」

ええ？　ちょっとやめてよ！　来たくないのに…でもとてもそうは言えなかった。


帰り道。のろのろ歩いてリフィー・パブの裏道に入ると、雨になった。アルマは家まで走り、玄関《げんかん》をかぎで開けた。

クララが寝室《しんしつ》で鏡台に向かっている。鏡台といっても、ふたつの木箱を逆さまにして板と鏡を置いたかんたんなものだ。アルマはベッドのはしにすわって、鼻歌まじりで髪《かみ》をとかしているクララを見つめた。

クララは口紅だけで、化粧《けしょう》をしていない。たっぷりしたつややかな栗色《くりいろ》の髪が、クララの自慢《じまん》だ。肩《かた》の下あたりまでいつも伸《の》ばしているが、リフィー・パブで働くときは、かっこ悪い白いネットをかぶらなければならない。そういう決まりなのだからしょうがない。

「面接はどうだった？」

「あの人たち、きらい」

「どういうことよ」

「オリヴィアさんってドライフラワーみたいなにおいがするの。歯が曲がっていてさ。その母親のことをリリーさんって呼ばなきゃならないんだけど、すっごくこわい顔なんだから。ハヴィシャムさんを思いだしちゃった」

「だれよ、それ？」

「ディケンズの本の『大いなる遺産』に出てくるハヴィシャムさんのこと。みにくくてがりがりで、棺《かん》おけからたったいま出てきたような人」

クララは大笑いしながらブラシを置いた。

「アルマ、それってはあんまりなんじゃないの。ところで、いったいどんな仕事だって？」

「古くさいペンで手紙を書きうつすだけ」

「たったそれだけ？」

「封筒《ふうとう》のあて名も書くけどね。でも、もうあんなところには行きたくない！」

「あのねえ、アルマ。私だって二階の暑苦しいキッチンになんて行きたくないのよ。だけどうちはお金がいるの。だから、ぜひその仕事を引き受けて欲しいわ。せめて数週間だけでも」

「そのあとやめてもいいの？」

クララは髪《かみ》をネットの中につっこんだ。

「それはそのとき考えましょうね」

第六章

土曜の朝になった。

アルマはブルーベリージャムのトーストに紅茶という朝食をすませて歯をみがき、コートを引っかけた。裏口からこっそり抜《ぬ》けだしてかぎをかける。

いいお天気だ。ひんやりとした空気が、海草や砂や潮のしつこいにおいや、秋の葉のつんとするにおいを運んでくる。アルマは足早にリトルウォーフ通りを歩いた。生まれて初めて仕事をする日に、遅刻《ちこく》したくなかったのだ。

今こうやってながめると、チェノウェス屋敷《やしき》は西向きに建っている。それで家の中が暗いのだろう。こわれていたポーチの手すりはすっかり直り、きれいにペンキがぬられている。アルマは、屋根から巨人《きょじん》のひとつ目のように通りを見おろしている窓を見て、ヘンゼルとグレーテルの一場面を思いだした。ふたりが森で迷ってたどりついた魔女《まじょ》の家も、こんな感じかもしれない。

通りを渡ってノッカーで玄関《げんかん》をたたくと、オリヴィアさんが、おはようと言って出迎《でむか》えてくれた。アルマはあいさつを返しながら、あれっと思った。オリヴィアさんをふんわり包んでいる花のかおりに、かすかにたばこくさい汗《あせ》のにおいが混じっていたからだ。

廊下《ろうか》にあった段ボール箱は、すっかり姿を消している。キッチンテーブルに朝食のお皿が残っていて、ベーコンとコーヒーのかおりがただよっている。オリヴィアさんは、アルマをリビングに案内した。約束したとおり、緑の吸いとり紙の右と左にファイルが置いてあった。

「用意はできているわ、アルマ。何かあったら呼んでちょうだい。キッチンにいるから」

「はい、オリヴィアさん」

アルマはいすにすわって、左のファイルを開いた。そしてほんのいっしゅん、こんなことを考えた。わざといいかげんな仕事をして、クビにしてもらおうかな。そうしたらこんな気味の悪い家に、にどと来なくてすむもの。

ファイルにはタイプした紙が三枚入っている。アルマは仕切りだなからクリーム色の便せんを取りだして、横線の入った下敷《したじ》きに置いた。次にペンをつまんでインクつぼの真ちゅうのふたを開け、まっ黒の液体にペン先をひたして書きはじめた。

親愛なるオヘア様

このたび、私どもがシャーロッツバイトに移り住むにあたって、身辺整理の件でいろいろご相談に乗っていただきましたことを、心より感謝もうしあげます。あのような決断をするにいたったのは残念ですが、娘《むすめ》も私もあきらめまして……

アルマは、本文を終えたあとに「**かしこ**」と書いて、リリーさんがサインする場所を空けた。そして仕切りだなから封筒《ふうとう》を取りだして、あて名のところにマサチューセッツ州ロックポートにある法律事務所の住所を書いた。でも、ふと思うことがあってペンを置いて立ちあがり、廊下に出た。

「オリヴィアさん」

大きなふきんでテーブルをふいていたオリヴィアさんが顔をあげる。

「あのう…」

「なあに?」

「封筒《ふうとう》の差出人住所のところに、この家の住所を書くようにって言われていないんですけど」

「書かなくてもいいの」少しぶっきらぼうな答えだ。

「はあ?」アルマは顔をしかめた。

変なの。学校では差出人の住所をぜったいに書かなくちゃだめだと教わったのに。それが決まりだって習ったのに。

アルマはまた机に向かった。今度はマドレーヌという人あてだ。


港のそばの、居心地のよいささやかな新居に住むようになってしばらくたち、ようやく落ちついてまいりました。その節は、色々とお手伝いをしてくださってありがとうございました。

オリヴィアか私にご連絡くださる場合は、どうか今までの住所に手紙をお送りください。

三通目は短かった。ケンブリッジというところの図書館あてだ。

ガトウィック様

このたびは、そちらの図書館での交流会にお招きくださってありがとうございます。申しわけありませんが、新居に引《ひ》っ越《こ》したばかりですのでおうかがいすることができません。

そのほかに手紙は二通。アルマが最後の便せんを右のファイルに入れたのは、十時を回ったころだった。アルマはペン先をていねいにふいて、ペンを差した。そしていすを押《お》して立ちあがったとき、ちょうどオリヴィアさんが入ってきた。

「終わったの、アルマ?」

「はい、オリヴィアさん」

「ご苦労さま。じゃあ帰っていいわよ。またこの次ね」


家に着くと、もうお昼近くなっていた。母親のクララがバスローブとスリッパ姿でくつろいでいる。本をティーポットに立てかけ、手もとにティーカップを置いて。

冷蔵庫のわきには、大きな布ぶくろがある。リフィー・パブ一週間分の洗い物だ。あとでふたりでこれを引きずって、スプリングバンク公園のそばの古いお屋敷《やしき》に行くことにしている。そのお屋敷の地下室には、洗濯機《せんたくき》が三台もあり、リフィー・パブをはじめ、いくつかのレストランが洗濯機を貸してもらっているのだ。アルマたちは、いつも土曜の午後に行く。

アルマは洗濯機の番をしながら、本を読むことにしている。クララが食料を買いに出かけているあいだずっと。

天井《てんじょう》にぶら下がっている裸電球《はだかでんきゅう》のもとで、アルマは本の世界に入っていく。洗濯機のパシャパシャまわる音を聞きながら。やがてたなの上のねじ巻き式のタイマーが、耳をつんざくような音で鳴る。そうしたらハンドルを両手でぐるぐる回して洗濯物をしぼり、ゆすぎ桶《おけ》の中にすべりこませるのだ。

アルマは、ずっとそういう土曜日を過ごしてきた。

クララが読みかけの本を置いた。

「まだ少し、紅茶が残っているわよ」

「ううん、いらない」

「そう。ともかくすわって、ステュアート屋敷にこしてきた一家のことを話してちょうだいよ」

「今ではもうチェノウェス屋敷なんだからね。ステュアート屋敷じゃなくて」

アルマがえらそうに言う。

「そうだったわね。それで？　その人たちどんな感じ？」

クララはうわさ話が大好きだ。だから、アルマから聞いたことは、いつしかパブぜんたいに広まっている。クララが食べ物のオーダーを受けたり、よごれたお皿を流しに運んでいくあいだにいつのまにか…。アルマは、知っていることを正直に話した。

「じゃあ、今日はおばあさんの方と会わなかったわけね？　そのハヴィシャムさんに似ているっていう」

「リリーさんのこと？　うん、会わなかった。あのね、オリヴィアさんって変なにおいがするの。あと前歯のあいだがあいていてね」

「それは前にも聞いたわ。で、手紙っていうのはどんな内容なの？」

アルマは、いすの上でしゃきっと背筋を伸《の》ばした。

「お母さん、さすがにそれは言えない。プライベートなことだもの。オリヴィアさんに、自分のことをペンだと思ってちょうだいって言われているの。ペンっていうのは、字は書けても、書いている意味はわからないものでしょ」

クララは冷たくなった紅茶をかき混ぜながらつぶやいた。

「それはアルマが正しいわ。もしぺらぺらしゃべるようだったら、秘書として失格だものね。さあて、着替えてお洗濯《せんたく》しに行かなくちゃ」

「もう着替えているもん」

「そりゃそうよね。じゃあ、私がおめかしするあいだに、お皿を洗っておいてね！」

第七章

月曜の午後、アルマは学校のかばんをさげたまま図書館に向かった。広場のまわりの木々が、燃えるような赤やオレンジに色づいている。冷たい雨に打たれた大きな葉が、水びたしの草の上に散っていく。

カシの木でできた図書館のとびらは、アルマにとってまさにお城への入り口だった。両開きのとびらはぴかぴかにみがかれている。長い筒《つつ》のような取っ手は真ちゅう製で、みんなにさわられてまっ黒だ。

アルマは中に入り、コートについた雨つぶをはらってドアのそばにかけた。六、七枚のコートがならんでいる。アルマは、階段から暗い地下室のほうに目を向けた。ロビーが、死んだ管理人のおばけが出るぞと言っていたからだ。

「あのねえ、たとえその人が死んだとしても、おばけになんかならないの。なあに言っててんの！」

管理人はスチームパイプで首をつったんだぜ、とおどかされ、アルマは鼻であしらいながら言い返した。

まったくロビーは、暗がりだったらどこでもおばけが出ると思っているんだから。管理人の話だって、たぶん…でっちあげでしょ。ただ、みんなの気を引きたいだけ。

でもアルマはじつはこわかった。それで、わき目をふらずに階段を三段いっきにかけのぼり、ようやく閲覧室《えつらんしつ》にたどり着いた。

そこには数人がいて、本を選んだり、真ん中の大きなテーブルで熱心に新聞を読んだりしている。

物語のコーナーに目をやるとルイーズがいた。ポリーとサマンサという忠実な子分を引き連れて。

アルマはあてつけがましく三人を無視して、古時計の静かな音に耳をすませた。六角形の古時計が、受付のかべの上のほうにあるのだ。時計の針は、カチカチと規則正しい音を立てて、ゴシック数字の時計盤《とけいばん》に時をきざんでいる。

閲覧室《えつらんしつ》の向こうの方で、母親のクララが働いているのが見えた。本だなのあいだを台車で行き来しながら本をもどしている。クララが目をあげたので、アルマは手を振《ふ》った。

今日ここに来たのは、金曜日までに好きな作家をひとり選んでレポートを書くという宿題があるからだ。アルマは、カード式目録のところで足を止めた。

引き出しを開けると、イニシャルがRとSの作家のカードが入っている。探していたカードは、すぐに見つかった。

「ホーキンズ、ＲＲ」

カードには、アルマがよく知っている三部作と四部作のことが書いてあるだけで、ほかの情報はない。アルマはがっかりしてしまった。大好きなホーキンズの作品が、ほかにあるかもしれないと思ったのに。残念だけど、「ターンアラウンド」のおじいさんが言ったとおりかもしれない。主題別のカードを探してみたが、伝記のようなものもない。

主任図書館員のマクレガーさんは、お休みらしい。アルマはマクレガーさんが好きだ。何でも知っていて熱心に教えてくれるからだ。しつこいと思うこともあるけれど。

アルマは、しかたなく事典や辞書のコーナーに行ってみた。そこにはウィンターさんという若くてやせっぽっちの図書館員がいて、王様のようにいばっている。いつも、油っぽい黒髪《くろかみ》をうしろになでつけ、白いシャツにネクタイ、キュッキュッと鳴る革ぐつというかっこうだ。ウィンターさんは紙に表を書いていたが、アルマが机の前に立ったので目をあげた。

「あのう」

「なんです？」どうでもよさそうな聞き方だ。

「宿題で好きな作家を調べなくてはならないのに、資料が見つからないんです」

ウィンターさんはペンを置いて、これから演説を始めるみたいに指を組みあわせた。

「なんという作家なの？」

「RRホーキンズです」

「知らないなあ。目録を調べた？」

「はい」

「百科事典は？　紳士録《しんしろく》は？」

「いいえ」

ウィンターさんはいちばん近くの本だなを指差した。

「あそこだよ」

「どうも」

アルマが本だなに近づくと、ちょうどクララが百科事典のPの字から始まる巻を片づけにきたところだった。

「あら」

「こんにちは、お母さん」

クララは、お昼までリフィー・パブで仕事をして、そのあとすぐ図書館に来たのだ。タバコのけむりとフライをあげた油のにおいが服にしみついている。

「しーっ！」ウィンターさんが、ふたりに注意した。

クララは、声の調子を落としてアルマにささやいた。

「自分こそだまれって言うのよ。いったい何様だと思っているのかしら」

アルマがくすりと笑った。クララとウィンターさんは、まったく気が合わない。クララは前にこう言ったことがある。

「ウィンターさんって、えらそうに人に命令してばっかり。ぜったい泥《どろ》まみれになって犬と遊んだりしないタイプよ。そう思わない？」

ウィンターさんは、クララの上司のようにふるまっているがそうではない。上司はマクレガーさんだ。

「ところで何を探しに来たの？」とクララ。

アルマは宿題のことを話しながら、Hで始まることばがある百貨事典を三冊セットのなかから探しだして、紳士録といっしょに本だなから抜《ぬ》きとった。

「調べものなんて、あなたにとっては公園でお散歩するくらいかんたんじゃない。さてと、こちらも仕事にもどるわね」

クララが台車を押《お》して本だなのあいだをすり抜けたとき、ちょうどルイーズたちがやってきた。

ポリーが鼻にしわを寄せて、聞こえよがしにささやく。

「フライドポテトのにおいがするよ」

「急にフライを食べたくなっちゃった」

サマンサもくすくす笑いながら言う。ちょうどアルマに聞こえるくらいの声で。そのあと三人は、貸し出しカウンターの方に行ってしまった。

アルマは心の中でうなった。あんたたちをひとまとめにして、おばけの出る地下室に閉じこめてやりたいわ！　そうしたら、そんなふうに余裕《よゆう》で笑えないでしょうよ！　思わず百科事典と紳士録《しんしろく》をぱんっと打ち合わせたので、ウィンターさんにいやな顔をされてしまった。

アルマはその重たい二冊をテーブルまで運んで調べものを始めたが、あっというまに本だなにもどした。大したこと書いてなかったのだ。この図書館では、読んだ本をテーブルに置いておくという決まりになっている。でもどうせクララが片づけるのだから、もどしたっていいだろう。アルマはまたウィンターさんの机に近づいた。

「あのう」

「見つかったかい？」

「だめでした。ほかにありませんか？」

「向こうにファイルがあるかもしれないなあ」

ウィンターさんはゆっくり立ちあがってうしろのドアから出て行き、数分後に大きなファイルを抱《かか》えてもどってきた。

「あんたは運がいいな」ウィンターさんがファイルを渡しながら言う。

「でも、これはここでしか見ることできないんだ。外に持ちだせないからね」

そう言ってそばのテーブルを指でさす。

「順番を変えないこと。落書きしたり、破いたりしないこと！」

「はあい、わかりました」

アルマがからかうように言ったので、ウィンターさんは冷たい目でぎろっとにらんだ。

「あと三十分で図書館は閉まるからね！」

アルマはファイルをテーブルに持って行ってすわった。紙とえんぴつをかばんから取りだして、かびくさいファイルをとじている黒いひもをほどく。中身はあまりない。新聞記事が数枚と、てかてか光っている雑誌の切りぬきと、書評があるだけ。アルマはメモしながら読み始めた。

ＲＲホーキンズは、ジェームズ・アール・ホーキンズという裕福《ゆうふく》な実業家のひとりっ子として、ニューヨークに生まれたらしい。母親の名まえはない。ＲＲというのは、レベッカ・レイチェルの頭文字だという。

アルマはびっくりした。てっきりホーキンズは男だと思っていたからだ。

「真実の世界」や「変わりゆく世界」のようなダイナミックな世界を創りあげるのは、男しかいないだろうと。地図をいくつも描《えが》いたり、生き物にふしぎなことばをしゃべらせたりするのは、男しかいないだろうと。

「女だったんだ！」紙に書く。

「レイチェル・レベッカ・ホーキンズ！」

アルマは、なぜかとたんにうれしくなって先を読み進めた。

ＲＲホーキンズは、十二歳《さい》のときに両親といっしょにイギリスのロンドンに移り住んだ。ケンブリッジ大学に進んで、古代と中世の歴史学で学位を取ったらしい。

アルマは立ちあがって木製の本だなに近づき、大きな辞典を手に取って「中世」ということばを引いてみた。「古代と近世のあいだ」と書いてあるだけだ。アルマはため息をついて本だなまで歩き、こんどは百科事典を引いてみた。それには「西暦《せいれき》四百年から千五百年ごろ」と書いてある。

いすにもどると、クララがテーブルの上の本を台車に並べていた。

「あとでいっしょに帰ろうか」とクララ。

「もちろん」

「調べものは進んだ？」

「うん。ＲＲホーキンズが女だってことがわかった」

「へえ。まだ生きているの？」

「さあ、まだわからない。また明日も来なくちゃ。このファイルは持って帰れないらしいから」

「ああ。それ、持ちだし禁止のファイルだものね」

クララはそう言いながら、アルマのそばからはなれる。

「さあてと仕事をしなくちゃ。ウィンター殿下《でんか》のご機嫌《きげん》をそこねたら大変だもの！」

クララはそうささやいて、あごでウィンターさんの机を指した。アルマはくすくす笑いながら、調べもののテーブルにもどる。

そして、RRホーキンズが初めて書いた本、「運命の輪」の書評を読んでみた。書評ではホーキンズの「新しい才能」が絶賛されている。山のようなほめことばで、きっと出版界が大きな衝撃《しょうげき》を受けるだろうとか、賞を取るだろうとか予測しているのだ。じっさい「運命の輪」はあっというまに何ヶ国ものことばに翻訳《ほんやく》されて、ホーキンズは若くして大金を手にし——。

「図書館が閉まるよ！」

ウィンターさんが、机の向こうで立ちあがってさけんだ。

アルマはがっかりして、書類をファイルにしまいこんだ。ファイルのひもを引っ張って結びなおし、ウィンターさんに手渡す。

「クララ、お願いしていいかな」

こんどはウィンターさんが、台車をかべに停めていたクララにそのファイルを渡した。

クララはファイルをつかんで、ウィンターさんの机のうしろのドアから出て行った。しばらくして、レインコートのボタンをはめながらもどってきたが、なぜか紙ぶくろを抱《かか》えている。

「帰りましょう。腹ぺこだわ」

雨はあがっていたが、外はもう暗い。水たまりだらけの小道に、窓あかりが映っている。アルマは家に着いてすぐコートをかけ、お湯をわかすためにコンロに火をつけた。

そのとき、クララが紙ぶくろの中の物を取りだして、ぽんっとテーブルに置いた。なんと、RRホーキンズのファイルだったのだ！　クララはにこにこ笑っている。

「お母さん！」アルマは叫《さけ》んだ。

「私が今夜リフィー・パブで働いているあいだに読める？」

「もちろん。だけど持ちだし禁止ファイルを持ってきたら、ウィンターさんにおこられるん

「さすがのウィンターさんも、知らないことでおこったりしないでしょ？」
じゃ――――？

夕飯のあと、アルマは食器を片づけてキッチンのゆかをはいた。そして夜中に帰るクララのために紅茶の用意をしてから、ようやくファイルを広げてみた。

RRホーキンズは、「運命の輪」のあと、二年おきに「暗黒時代」「復活」と出版し、三部作を完成させている。もうそのころには、とてつもなく有名で金持ちになっていたようだ。でも私生活のことは、書評をいくつつなぎ合わせてみてもわからない。

RRホーキンズは、ロンドンをはなれたあと、行方がわからなくなったらしい。修道院に入ったとか、結婚《けっこん》に失敗したとか、あげくのはてには死んでしまったといううわさまで流れた。でも「変わりゆく世界」シリーズの第一作目「影《かげ》の中に」が出版されたのは、そのあとのこと。つまり、死んだというのはただのデマだったのだ。

それなのに、れっきとした新聞記事に「影の中に」を書いたのは別人だと書いてある。アルマはものすごく腹が立った。

「ばっかじゃないの」アルマはつぶやきながらメモを取る。

「ちゃんと中身を読めば、本人が書いたってわかるっていうのにさ！」

レポートは、きれいな字でもう二枚うまっている。とりあえずは書きおわりそうだ。こんど図書館に行ったら、どこに行けばもっと情報があるか、マクレガーさんに聞いてみよう。

こんなに調べたのに、アルマの大好きな作家は相変わらずなぞに包まれている。でも最後の最後になって、いやな予感が当たった。こんな記事があったからだ。

世界的に有名な大作家、ペンを置く

シーボード出版は本日、ファンタジー小説の鬼才《きさい》RRホーキンズさんが、これ以上もう本を書かないと宣言をしたことを発表した。同出版社は、ホーキンズさんの、世界的に有名な本七冊の発売もとである。

ホーキンズさんはこの十五年間で七冊の大ヒット作を世に残しているが、その私生活はなぞのベールに包まれたままだ。

「読者は、ホーキンズさんがどこに住んでいてどのような人なのか、知らされていません。私生活を公表しないで欲しいというのがホーキンズさんのご要望だからです。私どもの方でもそのお気持ちを尊重してきました」と、シーボード出版の編集長スティーヴン・ノールズ氏は語る。

「最近になってホーキンズさんから、もう本を書くつもりはないというお話がありました。残念ですが、当社としてはその決断を受けいれるほかありません」

関係者によると、ホーキンズさんは私生活をのぞかれたりうわさを立てられたりしつづけたため、プライバシーを守ることにとても神経質になっているという。

これからどうするのですかという質問に対して、ノールズ氏はこう答えた。

「あなた方といっしょですよ。私にもわからないのです」

第八章

アルマは、火曜日の学校帰りにチェノウェス屋敷《やしき》に寄った。

オリヴィアさんに中に入れてもらい、すぐ仕事机に向かう。大きな窓の向こうの建物が、しだいに薄暗《うすぐら》くなる。もう日暮れが早い季節なのだ。アルマはファイルに入っていた三通の手紙を清書した。

「親愛なるフロンクス様。本をお気に召《め》していただけて光栄です」

最初の手紙はそう始まっている。

「お忙《いそが》しいなか、お手紙をくださってありがとうございました」

礼儀《れいぎ》正しいことばがずっと続いて「**かしこ**」で結ばれている。アルマは封筒《ふうとう》を取ってあて名を書いたときに、フロンクス氏が、ベルギーに住んでいるのでびっくりした。

次は、ウォートン氏という人への手紙だ。

「**親愛なるウォートン様**」アルマはていねいに書きうつした。

「**協議会にご招待くださったことを、大変うれしく思っております。でも残念なことにその日は所用があるため、参加することができません**」その手紙は「**申しわけありません**」でしめくくられている。

手紙はもう一通あった。これはモントリオール行き。

「**親愛なるマーガレット・スタンホープ様。会見の申しこみを再度いただきましたが、またしてもご期待を裏切ることになり、誠に申しわけなく思っております**」

そのあと、いかにも残念でたまらないというようなことばが続く。でもアルマには、じつはリリーさんがこの人にうんざりしているのが、なんとなくわかった。

アルマは清書しているあいだにほかのことを考えるのが、だんだんうまくなってきた。このごろは、自分が作った物語にいつのまにか心が飛んでいる。今日は「ばかったれ」のことを思いだしていた。これは、二年ぐらい前に書いた物語の主人公だ。

「ばかったれ」は金髪《きんぱつ》でハンサム。水色の服を着て、真っ赤なケープを風になびかせて空を飛ぶ。背が高くて力持ちだ。気が優しいので、苦しんだり悲しんだりしている人、特に子どもを見ると助けてあげたくなる。でもすぐぼうっとして、わけがわからなくなる。だから小さいときに、近所のガキ大将に「ばかったれ」とあだ名をつけられてしまった。

「ばかったれ」は町を飛び回って大活躍《だいかつやく》する。大雪にうまっている車を救いだしたり、こわがっているネコを木から下ろしたり、行方不明の犬やよっぱらいを探しだしたり。また、子どものケンカをやめさせたり、泥棒《どろぼう》を警察に引き渡したこともある。アルマは「ばかったれ」が大好きだ。頭は悪いけど心がきれいだから。

「『ばかったれ』が、ひゅうっと公園に舞《ま》い降りた」

これが物語の出だしの文だ。それなのに担任のドレイク先生は、前から三番目のアルマの席に来てこう言った。

「公園に舞い降りたなんて変だよ、アルマ。それからだれかのことを『ばかったれ』なんて呼んじゃいけないよ。失礼だろう」

「でも『ばかったれ』はそんなこと、まったく気にしていないんです。この人は――」

「だめだ、アルマ」先生はきびしい声で言った。「書きなおし！」

それでアルマは一行目を消して、こう書きなおしたのだ。

「むかしむかし、ボブという名まえのリスがいました」

ドレイク先生は物知り顔でうなずくと、さっさと歩いていった。でもアルマは、その日のうちに「ばかったれ」の話を完成させて、物語を入れている段ボール箱にしまったのだった。


「アルマ、ちょっとお願いしていいかしら？」

アルマは、オリヴィアさんのことばではっとわれに返った。振《ふ》り返ると、オリヴィアさんが、ぽっちゃりした体にコートをはおって立っている。黄色いガラスビーズのネックレスが、かたかた音をたてる。

「ちょっとリリーさんの薬を取りに出かけなくてはならないの。もし呼《よ》び鈴《りん》が鳴ったらリリーさんの部屋に行って欲しいのだけど、お願いしてもいいかしら？」

「は…はい」と、アルマ。いやです…なんてとても言えない。

ドアが閉まり、オリヴィアさんが急ぎ足で歩いて通りに出るのが窓から見えた。もう一通、清書しなくてはならない手紙が残っている。半分ほど終わらせたときに呼び鈴が鳴りひびいた。アルマはあわてて立ちあがり、キッチンを通ってリリーさんの部屋をノックした。

「どうぞ、アルマ」

リリーさんの部屋は、前に来たときとちがっていた。布張りか革張りの立派な本が、本だなに何列も並んでいる。机の上の紙たばのとなりには、黒くてぶかっこうなタイプライター。電話もやはり黒い。

リリーさんは、近くのテーブルに呼び鈴を置いているところだった。このあいだと同じショールを巻いている。紺色《こんいろ》のドレスのせいか、顔がいっそう青白い。ドレスのすそからちらりとのぞいているのは、昔ふうのひもで結ぶ革ぐつだ。指には象牙《ぞうげ》のたばこホルダー。

「お元気?」

「はい。おかげさまで」アルマは答えたものの、どうも居心地が悪い。このおっかない顔つきのおばあさんと話すのは、いまだに気が引けるのだ。何しろ、まゆ毛が太くて鼻が斧《おの》のようにとんがっているのだから。

「リリーさんはいかがですか？」

「もう年だし、関節炎《かんせつえん》も痛いし、どうもご機嫌《きげん》悪いわね」

リリーさんは笑《え》みをわずかに見せて、口もとをへの字にした。

「ライターを、オリヴィアの机の下に落としてしまったの」

アルマはさっそく身をかがめ、手とひざをゆかについてライターを探した。机の足受けあたりの暗やみをじっと見つめ、ようやくつぼ形の飾《かざ》りがごてごてついた重いライターを見つけてひろいあげた。

「テーブルの上のたばこの横に、置いてちょうだい」リリーさんが指図する。

「おすわりなさい」

アルマは言われたとおりにすわった。

「あなたや家族のことを聞かせてもらえるかしら。さあ、始めて」

アルマは、何から話していいのかわからず、もごもご口ごもったが、やがて住んでいるところや学校のことを話し始めた。そして、母親がパブと図書館の両方で働いていること、そのうちウェイトレスになりたいと思っていることまで打ちあけたのだ。

「そう。ウェイトレスになりたいの」リリーさんはまゆをつりあげてつぶやいた。

「続けてちょうだい。お父さまのことは言っていないわね。お亡くなりになったの？」

アルマはそのことばが嫌《きら》いだ。今までに一度も口にしたことがなければ、考えたこともない。

形式的にうなずく。

「お友達はたくさんいるの？」

「あまりいません」本当は「ほとんどいません」というのが正しいだろう。

「母は友達を家――アパートに呼ぶのをいやがるんです。すごく忙《いそが》しいから」

口にこそしなかったが、アルマは本当の理由を知っている。クララは恥《は》ずかしいのだ。みんなに自分たちが住んでいるところを知られて、うわさになるのが。パブの下に住んでいるなんて、きっとだれもがとんでもないと思うだろう。

「それでは、ひまな時間にいったい何をしているの？」

リリーさんがいらついたように聞く。まるでアルマが期待どおりに答えなかったとでもいうように。

「ラジオを聞くの?」

「いいえ、持っていません。ひまな時は、本を読むかお話を書いたりしています。将来、作家になりたいので」

「そうなの。作家ではだれが好き?」

「だんぜん、RRホーキンズです」

「そうなの」リリーさんが同じことばをくり返す。

次のことばが見つからない。しばらくして、リリーさんが口を開いた。

「ところで、あなたの字はきれいで申し分ないわね。あなたの仕事ぶりも」

「ありがとうございます」

「あなた、カリグラフィー※に興味があるんでしょうね?」

※カリグラフィー　字を美しく書く技術。西洋書道といわれることもある。時代によって、さまざまな書体が使われた。よく知られている書体に、ゴシック体やイタリックがある。

まるで、アルマを責めているような聞き方だ。リリーさんはたばこの先をひねって象牙《ぞうげ》のホールダーに差しこみ、うまく曲がらない指を使ってぎこちなくライターの火をつけた。

「はい」

「アルマ、知っていますか」リリーさんがたばこを深く吸いこみながら言う。

「かつてこんな時代があったのですよ。印刷機や手で運べるタイプライターが発明される前のことです。すべての本が、ひと文字ひと文字、手で書きうつされていました。その時代、カリグラフィーはただの芸術ではなくて、とても人々から必要とされているすばらしい技術だったの。ヨーロッパの修道院では、何千という修道士たちが後世に伝えるために本を書きうつして、図書館に大切にしまってきました。書きうつした本の中には、色インクでイラストを描《えが》いてあるものもあって、本当に美しいのですよ。『ケルズの書』のことを聞いたことないかしらね？西暦《せいれき》八百年ごろに、イギリス書体の大文字で書かれたものなの」

「いいえ、知りません」

「ケルズの書」どころか、「修道院」も「イギリス書体」も、何がなんだかさっぱりわからない。

リリーさんにはないしょだが「修道士」ということばだって、聞いたことがあるだけだ。いったいどういう人たちで、どういうところに住んでいるのか、まったく知らない。

「本だなのところに行って。上から二段目の右側」

アルマが言いつけに従う。

「大きくて薄《うす》い本。それを持ってきて」

アルマはつま先立ちで革表紙の本を取りだし、リリーさんに手渡そうとした。

「ちがいます、アルマ。あなたが借りていくのですよ。中身をごらんなさい」

アルマは表紙を開き、金のふちどりのあるページをぱらぱらめくってみた。光沢《こうたく》のある紙には、イタリック、カロリング、アンシャル、ローマンなどの書体について書いてある。カリグラフィーの本だ。

「帰りに、オリヴィアからペンとペン先をもらいなさい。家にインクはあるの？」

「いいえ」

リリーさんはアルマの顔をのぞきこんだ。まるでアルマが、うちには食べものがまったくありません、とでも言ったかのように。

「ではインクも持って行きなさい」

「はい」

「それでは、もう仕事にもどって」

アルマはカリグラフィーの本をかかえてリビングにもどった。清書をすませてその本を読んでいるときにオリヴィアさんが帰ってきた。さっそく、ペンなど持って帰るように言われたことを告げると、びっくりしたような顔をして渡してくれた。

アルマはそれを大切にかばんにしまい、田舎のお祭りで景品を当てたときのようにうきうきしながら家に帰ったのだった。

第九章

アルマは、テーブルにカリグラフィーの本を置いて、字の練習をすることにした。

書体をざっと見たなかでは、カロリングとハーフアンシャルがいい。ゴシック体は暗すぎるし、かたくて攻撃的《こうげきてき》。イタリックは派手すぎる。ローマンは退屈《たいくつ》な感じだ。でも問題は、自分の持っている万年筆のペン先がとがっていることだった。本によると、先が角ばっているペン先を使うと、下におろせば太く、あげれば細く線を書けるらしい。

アルマは、ゆっくり正確にそれぞれの書き方を練習した。火曜日と木曜日の書き方の授業よりずっと楽しい！

ドアのほうから音が聞こえた。クララが夕食を食べにもどってきたのだ。

「お母さん、カリグラフィー用の万年筆を買ってよ！」

「アルマ、お願いだからおしゃべりは私が中に入ってからにして。あら、どうしてテーブルの用意ができていないの？」

アルマはインクにふたをしてペン先をふき、本を閉じて部屋に運んだ。キッチンにもどってお皿を二枚並べ、油じみのある包みをテーブルに置く。

「またフライ？」

聞くまでもなかった。小さなキッチンじゅうが、魚のフライとフライドポテトのにおいでいっぱいだったからだ。

「今日はうまくカレイのフライが手に入ったのよ」

クララが、流し台で手を洗いながら答える。そして生ぬるい食べ物の前にすわってたずねた。

「万年筆がどうかしたって？」

アルマはポテトを半分に切りながら、リリーさんが本とインクとペンを貸してくれたことを話した。

「リリーさんって、若いころ図書館員だったのかも。マクレガーさんみたいな。本が大好きみたいだし、色々なこと知っているから」

「ずいぶん仲よくなったようじゃない」

「いやだ、お母さん。あの人、相変わらずおっかないの。この本だって無理やり押《お》しつけられたようなもんよ。でもまあ、貸してもらってよかったけど」

「ところで私が帰ってきたとき、なんでレポートの宿題をやっていなかったのよ？」

「今夜やるの。もうほとんどできてるんだ。あとは表紙に色をぬるだけ。ねえねえ、いま話題を変えたでしょう？」

「話題って？」

クララはむじゃきな顔で、しなっとなったフライドポテトを口に放りこむ。

「万年筆のことよ、お母さん」

「ああ、カリグラフィー用の万年筆ね。たしか」

「角ばったペン先の万年筆が欲しいの」

「さあてねえ」

「いっつもそう言うんだから」

「そりゃあそうよ。だって買えるかどうか、本当にわからないんだもの」

キッチンが片づくなり、クララは仕事にもどった。いっぽうアルマは、レポートの表紙の地図に色をぬりはじめた。親指と人差し指でクレヨンのかけらを握《にぎ》りしめて。

どうしてRRホーキンズは小説を書くのをやめたんだろう。死んでしまったのかな。ううん、ちがう。ただやめただけだって記事に書いてあったもの。

アルマは自分のレポートを見つめた。一枚も書いたのに、まだわからないことだらけ。結局、わかったことって何なんだろう？　まず生まれて、十二歳《さい》でイギリスのロンドンに行って、大学を出て、家を出て…そして消えちゃったことだけ。

アルマはクレヨンのかけらを寄せ集めながら考えた。二十代になってすぐ、人ともう会いたくなくなるようなことでも起きたのかなあ。

たとえば、顔じゅうがカサカサに荒《あ》れちゃったとか。若いハンサムな人と大恋愛《だいれんあい》のすえ婚約《こんやく》までしたのに、彼が名誉《めいよ》の戦死をとげたとか。それで、一生ひとりでいようと決めて雲がくれしたのかな。ううん、きっと外国旅行しているときに悪者たちにつかまって――何いってんの？　ばかばかしい。考えたってわかりっこないのに。

　でも雲がくれしたあとも、小説を書くのをやめなかったんだ。だって四部作が出版されたのはそのあとだもの。でも何かあって、今度は本当に書くのをやめてしまった…。

　アルマは、レポートをクララのティーカップのそばに置いた。マクレガーさんだったら何か知っているかも…と思いながら。


　次の朝、アルマが起きると、キッチンにはもうクララが立っていた。鼻歌を歌いながら太い三つ編みを前へうしろへとゆらし、鉄のフライパンでパンケーキをひっくり返している。アルマは顔を洗い、髪《かみ》をとかして服に着替えた。

　食卓《しょくたく》に着くと、何枚も重なったパンケーキの上に、黄色いバターの四角くて大きな固まりが乗っかっている。アルマはメイプルシロップをかけて、思わずくちびるをなめた。そしてクララが席につくなり、パンケーキにかぶりついた。

「私にはわかるわ…」

クララがわけ知り顔で目を細め、まゆをつりあげた。アルマはとっさにしゃべれなかった。口の中がいっぱいだったからだ。

「わかるって何が?」

「アルマのレポートを読んじゃったのよ。その作家はひとりで家を出て行ったわけね。もう五十年も前に」

「うん」

「だったらこうじゃない? きっと家族が許さないような若い男と恋仲《こいなか》になったのよ。でも金持ちの親が色々うるさいこと言って、ふたりを無理やり引きはなしたんじゃない? ひょっとしたら、男に金をやってどこかに行けって言ったのかも。彼女はそれがいやで家を出たんだわ。ついでに彼のこともいやになったってとこじゃない? どう思う?」

クララはいたずらっぽく笑った。アルマは、バターつきの甘《あま》いパンケーキの最後のひとかけをゆっくりと味わってから、クララをからかった。

「それ、レポートに書いちゃおうか」

「やあね、やめてよ。作り話なのに。あんたの母親のでっちあげなんだからね。それに、身分のちがう男との恋《こい》の話なんて書いたら、マカリスター先生が悩《なや》んじゃうでしょ」

「そういえば、マカリスター先生って恋人とかいるのかなあ？」

アルマはそう言ったあと、ふと考えた。

「ねえ、あたしにも恋人ができると思う？」

「なあに言ってんのよ。あんたみたいにきれいで頭のいい子に、恋人ができないわけないでしょ。時期さえくればね」

クララの顔からふざけた表情がすっと消えるのがわかった。

あたしにはわかるわ。お母さんは口にこそ出さないけど、ときどきひとりぼっちがさびしくなるのよね。


アルマがレポートを手渡すと、マカリスター先生は、カロリング書体で書いた題と色あざやかな表紙をほめてくれた。アルマはもっとホーキンズのことを調べたくなり、また図書館に向かうことにした。

今日は、図書館員のマクレガーさんが来ている。アルマはマクレガーさんを見るたびに、スプリングバンク川の浅瀬《あさせ》にいるアオサギを思いうかべてしまう。別にいじわるでそう思うわけではない。でも長い首や、竹馬のように細いがに股《また》の足がそっくりなのだ。マクレガーさんは大きく骨ばった手をしていて、顔色がいつもいい。つやつや光る広いおでこの下に金ぶちめがねをかけ、黒髪《くろかみ》をきゅっとうしろにひっつめている。

マクレガーさんとは、気をつけて話さなくちゃ――アルマは、マクレガーさんの机の前のカウンターに近づきながら、自分にそう言い聞かせた。

「…のような本はありませんか？」という聞き方をしたら最後、そのまま本だなに連れて行かれてしまうからだ。そして、ぺちゃくちゃ説明されながら本を一冊、また一冊とうでに乗せられて、山のようにかかえて帰るはめになるだろう。できるだけ正確に質問しないと、とんでもないことになる。

「こんにちは、アルマ」

マクレガーさんがいすから声をかけた。ちょっとのあいだ当たりさわりのない会話が続いたあとで、アルマはずばりと核心《かくしん》を突《つ》いた。

「じつは、RRホーキンズのことをできるだけ調べようとして——」

「すばらしい作家よ！」

マクレガーさんは、鳥が飛びたつようにいきなり立ちあがった。

「まかせてちょうだい。いらっしゃいな。私が——」

「あっ、待ってください！」

マクレガーさんが立ち止まった。

「あのう、ここにあるものはぜんぶ見たんです。それで——」

「百科事典も？　紳士録《しんしろく》も？」マクレガーさんはがっかりしたように言う。

「はい」

マクレガーさんは、いいことを思いついたとばかりに天井《てんじょう》を指した。

「ああ、でもファイルの中にRRホーキンズの資料があるわ。取ってきて——」

「それも読んだんです」申しわけないと思いながら、アルマはさえぎる。

「あらまあ」マクレガーさんはつぶやきながらいすにすわり、机の下で足を組んだ。

「ほかにまだ探せそうなところがないか、お聞きしたいんですけど」

「どうぞおすわりなさいな」

マクレガーさんが机の横にある木のいすをさしたので、アルマはすわった。

「あとひとつだけ方法があるわよ。伝記はないと思うけど、資料ならあるかもしれないから、ちょっと手を打ってみましょう。図書館どうしで本や資料を貸し出す制度があるの。大きな図書館なら、何か持っているかもしれないわ。この図書館もできる限りのものはそろえているんだけど、何しろ規模が小さいからねえ」

「ありがとうございます」と、アルマ。

マクレガーさんはうなずきながら言う。

「RRホーキンズも大喜びなんじゃない？　あなたがそんなにファンだって知ったらね」

第十章

この冬はじめての吹雪《ふぶき》がやってきた。

まるで、遠くの丘にいる羊の群れがおどり狂《くる》っているような雪の空。乱れ飛んだ雪が、北東部の海岸にびゅうびゅう吹《ふ》きつける。学校に向かうアルマの顔にも、氷のような雪がたたきつけるように降ってくる。

やがて帰り道。刺《さ》すように冷たい風を背に受けながら、アルマはのろのろ歩いていた。リトルウォーフ通りには三十センチ以上も雪が積もっている。チェノウェス屋敷《やしき》に着いたときには、体じゅうもう真っ白だった。

居心地のいいリビングで仕事を終えて、薄暗《うすぐら》い道をもどる。リフィー・パブの裏の小道は、配達車のタイヤで雪がぐちゃぐちゃになっていた。アパートのとびらが開かない。クララが立てかけていたほうきで雪をどかして、ようやくこじ開けることができた。

テーブルの上にクララの置き手紙がある。

「図書館に来てね」とひと言だけ。

アルマはため息をつきながら、またコートを着て帽子《ぼうし》をかぶった。手ぶくろとブーツを身に着け、戸じまりをする。図書館に着くと、マフラー姿のクララがカシの木製の大きなとびらを開けて、ちょうど出てきたところだった。

「さあ、今夜はレストランでお食事するわよ！」

レストラン！

そんなところに最後に行ったのはいつだろう。まったく覚えがない。レストランなんてお金のむだよというのが、クララの口ぐせなのだ。それなのにどうして？

「お嬢《じょう》さま、何を召《め》しあがりたい？」

「魚のフライじゃなかったら何でも！」

「そりゃあそうね」クララが笑う。

しばらくして、ふたりは「炉《ろ》ばたのカフェ」というレストランの仕切り席にすわった。おかしな名前、とアルマは思った。暖炉《だんろ》もないのにそんな名前なんだもの。

窓が水蒸気でくもっていて通りが見えない。新しくぱりっとしたテーブルクロスは、青と白のチェック。天気が悪いのにけっこうお客が入っている。炒《いた》めたたまねぎをそえたステーキや看板料理の野菜スープ、それにコーヒーのいいかおりがする。お客のじめじめした服のにおいに混じって。

アルマの前には、長いストローをさした大きなグラス。氷入りのコーラだ。クララは、湯気の立つコーヒーをすすっている。

ふたりはミートボール入りのスパゲッティを注文した。クララがアップルパイまでたのんだので、アルマは思わずあたりを見まわした。何かいいことでも起こったのだろうか。

「ええと」クララが話し出したので、アルマは視線をもどした。

「たぶん、何が起こったんだろうってふしぎに思っているわよね?」

アルマはうなずきながら、もうほんのちょっぴりしかないコーラを吸った。

「あなたの前にいるのは、リフィー・パブの新しいウェイトレスなの!」

クララが、にこやかに切りだした。

「――ということは、長いあいだ働けるっていう意味で、お給料がちょっぴり上がってチップまでもらえるっていうことよ！」

「やったじゃない！　お母さん！」

「それがどういうことかっていうと」クララが、小さな箱をアルマの前に置いた。

「こういう物をアルマに買ってあげられるってこと。ちょっとクリスマスには早いし、誕生日でもないけれど、あなたにプレゼントよ！」

「なあに？」本当は箱の形でわかったが、いちおう聞いてみる。

「開けてごらんなさいよ」

アルマは色つきの包み紙をていねいに広げた。持って帰ってもういちど使おう。赤いふちどりのある白い箱が出てきたので、開けてみた。

黒い万年筆だ！　ふたに真ちゅうの留め金、軸《じく》の下には真ちゅうの輪がある。アルマはふたを取ってみた。ペン先が四角い。金色のペン先に、流れるような優雅《ゆうが》な文字で「ウォーターマン」と彫ってある。

「カリグラフィー用の万年筆だ！　すっごくきれい！」アルマは顔をあげた。

「これ、もらってもいいの？」

「おばかさんね。当たりまえでしょ」

「ほんとにほんと？」

「ほんとにほんとよ。お話を書くのに使ってね」クララがほほえむ。

「ありがとう。お母さん！」アルマはキャップをかちっと閉めた。

「あたし、カロリング書体でお話を書くからね。もう千年以上もまえの書体なの。その次のお話はハーフアンシャルの書体で書くね。これは西暦《せいれき》六百年から八百年ごろにアイルランドで使われた文字。そんなに古いものじゃないけど、もっとすてきなの！」

ウェイトレスが来て、湯気の立っているスパゲッティのお皿をテーブルに置いた。

「かんぱーい！」とクララ。

「かんぱーい！」ふたりは水の入ったグラスをくっつけた。

金曜日に学校からもどると、ふくらんだファイルがテーブルに置いてあった。じゃばらになっていて、ふたについたひもが紙のかたいボタンに巻いてある。ファイルのはしっこには「RRホーキンズ」という万年筆書きの文字。その下には「図書館相互《そうご》貸し出し制度」というラベルがある。クララの置き手紙によると、一日か二日、貸してもらえるらしい。月曜日までにもどせばいいそうだ。

アルマはコートをかけてファイルを部屋に持っていき、ソファーにすわってひもをほどいた。書類を取りだしてファイルをわきに置く。そしてゆかにすべり降りると、書類をソファーに立てて読み始めた。RRホーキンズは、ほかに本を書いていないだろうか？

このあいだのファイルより、新聞、雑誌記事の切りぬき、書評などがやや多い。アルマは新品の万年筆を取りだして、メモ書きしはじめた。

RRホーキンズは世間から姿を消したあと、こっそりニューヨークに住んでいたらしい。でも結局は見つかってしまった。そのとき女の赤ちゃんとふたりきりだったので、夫をイギリスに置きざりにしたといううわさが流れた。

「お母さんの言っていたとおりかも！」と、アルマはかぎカッコをつけた。

でもマスコミはやがて、もともと夫などいなかったことをつきとめたのだ。このスキャンダルのせいで、RRホーキンズはまたもや姿を消してしまう。

何年かのち、今度はファンのひとりがボストンのデパートで発見する。またしてもマスコミが追いかけるようになったが、ホーキンズはもう逃《に》げたりしなかった。高級住宅地に大きな家を構えていて、逃げようがなかったからだ。でもインタビューはすべて断り、公の場には決して姿を現わさなかった。人前に引きずり出そうとすればするほど、かたくなになってしまったのだ。

RRホーキンズは、そのあとも本を出版した。やがて娘《むすめ》も大学に行き、作曲家と結婚《けっこん》して家を出る。どこで暮らしていたのかはわからない。でもその夫が若くして死んだので、悲しみにくれた娘は母親のもとにもどった。再婚はしなかったらしい。母親と同じように、世間から身をかくしたかったのかもしれない。

アルマは、最後の一枚に目をやった。色が黄色くなった新聞の切りぬきだ。ふたりの女性が、二階建ての立派な家のとびらから出てくる写真がある。張りだしたベランダの陰《かげ》で顔がよくわからないが、ひとりはかなり背が高い。

そして、写真の下にはこう書いてあった。

「RRホーキンズさんと娘のオリヴィアさん。ボストン、キャバナ通りの自宅前にて」

第十一章

まさか？

ＲＲホーキンズがリリーさん？　まさか…？

アルマはすばやく暗算してみた。たしかにリリーさんはＲＲホーキンズと同じくらいの年だ。それにボストンからこしてきたはず。ひょっとしたら、人目から逃《のが》れるために、こんな片田舎《かたいなか》に引《ひ》っ越《こ》してきたのだろうか？

まさか！　ありえない。

疑問と答えが行ったり来たりする。まるで、蚊《か》がぶんぶんうっとうしく頭の中を飛び回っているみたいだ。どうやっても、疑いを頭から追いはらうことができない。

ついにアルマは、紙を引っぱり出して真ん中に線を引いた。そして左上に、興奮しすぎてぐちゃぐちゃの文字で「ホーキンズかもしれない」と書いた。右上には「ホーキンズのわけがない!」とびっくりマークつきで書く。

どんな手がかりがあるだろう?

1、「リリーさんは、写真の人と同じくらい背が高い」アルマは左の欄《らん》にそう書いた。そして右の欄には「背が高い女の人なんていくらでもいる!」と。

2、「リリーさんは、本が好きだ」と左の欄に。「本を好きな人だっていくらでもいる。お母さん、あたし、マカリスター先生、マクレガーさんも」と右の欄。

3、「リリーさんは、インタビューや講演会の誘《さそ》いをぜんぶ断っていた。今から考えると、有名人でなければそんなもの誘われない」と左の欄に。右の欄には何も書けなかった。

4、「リリーさんは手紙に自分の住所を書かない。まるで他人に自分の住所を知られたくないみたいだ」と左の欄に。「ばっかばかしい!」右の欄には、そうなぐり書きした。リリーさんの住所を知らない人が、リリーさんに手紙を出せるはずがない。

でも…リリーさんに手紙を出す人たちは、もしかして出版社あてに送っているのかもしれない。そうだとしたら話は別だ。その手紙を出版社がまとめて、リリーさんに送っているのだとしたら…？　アルマは左右の欄《らん》の真ん中にクエスチョンマークを書いた。

5、「オリヴィアさんは、チェノウェスという名字だ」
だからアルマは、リリーさんも当然チェノウェスという姓《せい》だと思っていた。でもオリヴィアさんがもし未亡人だとしたら、夫の姓を名乗っているはず。つまり、チェノウェスは亡くなった夫の姓で、リリーさんの姓はちがうのかも。だったらあのふたりは、オリヴィア・チェノウェスとリリー・ホーキンズではないだろうか。そう思いながら、アルマは右の欄にしぶしぶこう書いた。

「リリーという名前は、Rで始まらない！」

6、「でもひょっとしたら、リリーというのは別名なのかもしれない。あだ名とか、洗礼名とか…」でも、あのいかめしいリリーさんがあだ名を使うなんて、どうしても想像できない。

あまりにも真剣に考えこんだので、アルマは頭が痛くなってきた。自分がどんなにばかげたことを考えているか、何度も何度も言いきかせる。だいたい世界的に有名な大作家が、シャーロッツバイトのような片田舎《かたいなか》にある古ぼけた木の家なんかに引《ひ》っ越《こ》してくるはずがない！

あたしってなんてばかなんだろう。ＲＲホーキンズが自分の身近にいるとただひたすら思いこみたくて、勝手に話を作りあげているんだ。今までＲＲホーキンズと話をしてみたいとずっとずっと思ってきたから、夢を実現させようとして。

それでもまだ、アルマはひとすじの希望にしがみついていた。ひょっとしたらひょっとするかも…。

どうにかしてはっきりさせよう。アルマはそう決心した。

そのためには、探偵《たんてい》のように頭を働かせなきゃ。リリーさんの家に行ったら目を大きくこじあけて、シャーロック・ホームズみたいにするどく観察するんだ。

でも待って。ただ大きな木のドアをぎいっと開けて、でっかい虫めがねでそこらじゅうながめまわしたって、だめなものはだめ。ちゃんと考えないと！　こんど家に乗りこむまで、あと三日しかない！

だったらどうしたらいいんだろう？　アルマは次の日も次の日も考えた。

直接リリーさんに聞くという方法もある。でも、もしアルマの推測が当たっているとすれば、聞くのは失礼だ。身もとをかくそうと必死になっている人に、ばれていますよと教えることになるのだから。秘密にしていることをばらすなんて最低。パンドラの箱※から悪魔《あくま》を出すようなものだもの。

火曜日の学校帰り。アルマが気持ちのいい日ざしをあびながら歩いていると、郵便配達員のラッセルの姿が見えた。赤いほっぺたをふくらませて、調子はずれの口笛を楽しそうに吹《ふ》いている。青いしわくちゃの制服姿で、手紙でぱんぱんにふくらんだかばんを抱《かか》えながら。

「こんにちは、アルマ」ラッセルが通りすぎた。

「こんにちは、ラッセル」アルマはそう言ってから、はっとあることを思いついた。

※パンドラの箱　ギリシャ神話に出てくる小箱で、神が世の中の悪すべてを閉じこめたといわれている。

「そうだ！　これよ、これ！　どうして気がつかなかったんだろう？　これでかんぺきじゃない！」

アルマはとつぜん走りはじめた。

アルマは、胸をどきどきさせながらえんぴつを握《にぎ》っている。そして、わざとそりかえったきたない字でこう書き始めたのだ。自分の筆跡《ひっせき》をかくすために。

「親愛なるＲＲホーキンズ様」

アルマは白い便せんを前にして、じゅうたんにすわっていた。封筒《ふうとう》のあて名は、「ニューヨーク、シーボード出版方、ＲＲホーキンズ様」

計画は単純だった。もしアルマが疑っているように、リリーさんがかの有名な大作家ＲＲホーキンズだとしよう。すると出版社に出したこの手紙は、そのうちシャーロッツバイトのリリーさんのもとに届く。そうしたら、アルマ自身がその返事を清書することになるのだ！

便せんを前にして、アルマの気持ちはあふれだしそうになった。今までＲＲホーキンズに言いたいと思っていたことを、すべて書いてしまいたい。でもリリーさんではないのかもしれないのだから、ゆっくりやるのがいい。だから、アルマはただこれだけ書いた。

「ずっとあなたの本の大ファンです。もし『変わりゆく世界』のシリーズのあとに何か書いていらっしゃるのなら、教えていただけませんか」

アルマは少し間をあけてから、「かしこ」と書いた。そして自分のイニシャルのAを書いてから、はっと息を飲んだ。

「ばっかじゃないの！」

アルマはつぶやき、勢いよくAを消して、「ハッティー・スクリヴエナー」と書きかえた。アルマは昔からハッティーという名前がお気にいりなのだ。（じっさい、名前を変えると言って本気でクララにごねたこともある）スクリヴェナーというのは、アルマのあこがれの職業、「作家」という意味だった。

アルマは、もうひとつ問題があるのに気がついた。この手紙はニューヨークに行く前に、シャーロッツバイトの郵便局で消印を押《お》される。消印には地名と日付が入っているので、ここから手紙を出したことがばれてしまう。

「うーん…」アルマは考えたすえにあきらめた。

「しょうがない。このことは、あたしの力じゃどうすることもできないもの」

そのとき、はっと思いついたことがあった。

アルマが代筆したリリーさんの手紙も、まとめて出版社に送られて、そこから改めてファンのもとに郵送されているのではないだろうか？　でないと、シャーロッツバイトから投かんしたことが消印でばれてしまう。もしこんなちっぽけな町に住んでいることがわかったら、ＲＲホーキンズはあっというまに見つかってしまうだろう。

そうか。それでどの封筒にも差出人住所を書かないようにって言われていたのか。

アルマはにやりと笑った。あたしってまるでシャーロック・ホームズみたい。こんなに推理が得意で、論理的なんだもの！

アルマは大好きな作家にあてた手紙に封をして、切手をきちんと右上にはり、コート姿で外に出た。そして手紙をポストに入れる前に、指を組んで祈《いの》ったのだった。

「あたしの望みをどうかかなえてください！」

第十二章

アルマは「ハッティー・スクリヴェナー作戦」がうまくいくかどうか、気が気でなかった。でもそんなに早く結果がわかるものでもないので、物語を書いて気分をまぎらわせることにした。夏休みまでに短いお話を書くという宿題があるからだ。いちばんに選ばれると、マカリスター先生から賞をもらえることになっている。アルマは、ぜひ賞を取りたかった。

「サミュエール!」

わあ、またおこられちゃった。

こんな文で始まるお話の第一章が、もうすぐ書きおわる。サミーという主人公が、図書館に行って、秘密のドアを見つけるところまでできあがった。

月日がたつにつれて、アルマの興奮は冷めてきた。初めはリリーさんの屋敷《やしき》を訪《おとず》れるたびにどきどきしていたのだが、いつのまにか、屋敷《やしき》にいるときでさえ何も考えなくなっていたのだ。そんな日々が続くと、ばかな妄想《もうそう》に取りつかれただけのような気がしてくる。

きっとリリーさんは大作家などではなくて、ちょっぴり偏屈《へんくつ》でおっかない、どこにでもいるようなおばあさんなのだろう。そして、いっしょに住んでいる、これまたちょっぴり気むずかしい娘《むすめ》が、たまたまオリヴィアという名前だっただけのことだ。

そのころ、アルマの家の様子は少しずつ変わってきていた。長時間クララが働けることになって、お給料が上がったからだ。クララは明るいきれいな色の生地を買ってテーブルクロスやカーテンを作り、キッチンをはなやかに飾《かざ》った。

食器のセットも、ガレージセールでほとんどそろえた。

「もう欠けているティーカップなんか、使わないことにしたの！」

ある日、クララはそう言いながら、段ボール箱をかついで帰ってきたのだ。ほこりっぽい箱に入っていたのは、ヤグルマソウの模様がある食器セット。

ほかにも、「ウェルカム」という字がプリントしてあるドアマット、くつ箱、水がしみてこない長ぐつなどが、いつのまにか家に増えていた。


アルマは、カリグラフィーの本やペンを貸してもらったあと、リリーさんに親しみを感じるようになった。それでも、暖炉《だんろ》のあるリリーさんの部屋に呼びだされるたびに、緊張《きんちょう》してふるえてしまう。その日も、リビングで冬の淡《あわ》い光を浴びて清書していると、オリヴィアさんが声をかけてきた。

「リリーさんが、仕事が終ったあと会いたいと言っているわ」

リリーさんは、暖炉のそばのいつものいすにすわっていた。たばこの火がついた象牙《ぞうげ》のホールダーを手に、大きな本をひざに広げている。アルマは、リリーさんに複雑なわなを仕かけていることを思いだした。自分の雇《やと》い主なのにと思うと、胃のあたりがひりひり痛んでくる。

リリーさんはホールダーを口にくわえて本を閉じ、机に積んである二冊の本の上に置いた。

背表紙には「古代ペルシャ時代のチェス――フィロドーのなぞと挑戦《ちょうせん》」と書いてある。ふと暖炉わきの机を見ると、チェスのセットが並んでいる。精巧《せいこう》に作られている駒《こま》が、まるで何か事件が起きるのを待っているようだ。

「こんにちは、リリーさん」とアルマ。うしろでオリヴィアさんがドアを閉めた。

「カリグラフィーの方はどうなの?」いつもどきっとするしわがれ声…。

「はい。だいじょうぶです」

「それはうまくいっているってこと?　いっていないってこと?」

「うまくいっています」

「楽しんでやっているの?」

「す…すごく楽しいです!」考えるまえにことばが口から飛びだした。

「お母さんが、新しい万年筆を買ってくれました!」

「書いたものをまったく見せてくれないから、少しがっかりしていたのですよ」

石のように固い声が、少しだけ柔《やわ》らかくなったように聞こえた。たばこのけむりを吐《は》きだしながら話すのは、リリーさんのくせなのだろう。

「え?…はあ、それでは持ってきます」

「こんど来るときに、持っていらっしゃい」リリーさんが命令するように言う。

「はい。わかりました」

「それはそうと、あなたはホーキンズの作品が好きだと言っていましたね?」

「はい! いちばん好きな作家なんです」

「そう。それならあの本も気に入るでしょう」リリーさんが本だなを指差した。

「下から二段目。こちらから三つ目の仕切り」

すぐにアルマは見つけた。「秘密の花園」だ。

「もう読みました」

「では、上から四段目でこちらから四つ目の仕切りにあるクリーブ・ルーミスの本は?」

「『リアナ物語』ですか? それもぜんぶ読みました」

アルマは、リリーさんをがっかりさせてしまったかなと気になった。明らかに親切にしてくれているのに。でもなぜか「三回も」と付け加えてしまった。

「ふうむ」リリーさんはまゆにしわを寄せた。ほほえんだら負けとでもいうように、薄《うす》いくちびるをきゅっと結んでいる。

「それでは『妖精《ようせい》の国』の三部作は？」

「え？」

「ようやく読んでない本があったみたいね。ジェフリー・リースの作品です。いちばん上の段のこちらから六番目の仕切り。第一巻を取ってごらんなさい。ふみ台を使って」

アルマは言われたとおりふみ台にのぼり、上の段に手を伸《の》ばしてその本を取った。

「三部作が気に入ったら、リースの作品はまだまだありますからね」

リリーさんが、ショールを巻き直しながら言う。

「こんど来るとき、あなたが書いたカリグラフィーを持っていらっしゃい」

「はい、リリーさん」アルマはとびらを開けた。

「さようなら」

数日が過ぎ、アルマが宿題として書いている物語「夢をかす店」がしだいにできあがってきた。

主人公のサミーは、クリオという老婆《ろうば》に夢カードを借りる。カードを枕《まくら》の下に入れて眠《ねむ》ったら、本当に夢を見たのでびっくりする――そこまでは書けた。でも、レポート用紙五枚以内でなくてはいけないのに、とっくにオーバーしている。

アルマはそのころ、お屋敷《やしき》に行くたびにリリーさんと話すようになっていた。本のこと、物語、歴史、神話、伝説のことなど、話題はつきない。リリーさんが、カリグラフィーの指導をしてくれることまである。アルマといっしょで、アンシャル書体がいちばん好きらしい。

「アルマ、私が思うに」リリーさんはあるとき、物思いにふけるように口を開いた。

「あなたは前世で本を書きうつす、写本の仕事をしていたのでしょうね。あなたがインクを混ぜ合わせている姿、羽ペンを作っている姿、牛皮紙に字を書いている姿が目に浮《う》かびます。あなたの魂《たましい》にはいつも本がある…」

アルマはなんて答えればいいのかわからなかった。もう以前のようにリリーさんがこわいわけではない。それでも牛皮紙ってどんなものですか、とは聞けない。家にもどってから調べよう。

ある日のこと、アルマはチェノウェス屋敷《やしき》でこんな手紙を清書していた。

親愛なるタイラー様。私の七十歳《さい》の誕生日を祝ってくださってありがとうございました。とても素敵なクリスタルグラスの灰皿ですね。

わあ、どうしよう! リリーさんのお誕生日が過ぎちゃったんだ!

仕事が終わるとアルマは家に飛んで帰った。そして、クララが家に足をふみ入れたとたんにまくしたてたのだ。

「ねえ、リリーさんのお誕生日、過ぎちゃったみたいなの! 七十歳なんだって。これって特別な誕生日よね?」

「アルマ。おしゃべり攻撃《こうげき》する前に、私を家に入れてちょうだい！」

クララはぶつぶつ文句を言いながら、エプロンをはずす。ウェイトレスには制服があって、緑のワンピースにフリルつきの白いエプロンをつけることになっている。

「働いたお金でプレゼントを買っていい？　誕生日は過ぎちゃったけど、リリーさんは本を貸してくれたし、それに――」

「ゆっくりしゃべってよ」クララがたのむように言う。

「買っていいに決まってるじゃないの。とってもいいことよ」

「グラフトン通りのギフトショップに行ってもいい？　これからすぐ」

「あの店は高いわよ、アルマ」

「だったら見るだけでも」

「夕食に遅《おく》れないならいいわよ」

アルマは、ギフトショップでしばらくじっとしていた。あまりにいろいろな物があるからだ。

クリスタル、陶器《とうき》、モヘアや羊毛の毛布、外国製の木の器、宝石、柔《やわ》らかい光のピューターの燭台《しょくだい》――じっくり見た中でいちばん気に入ったのは、あざやかなししゅうがついているキルトだった。でも高いのでとても買えない。

しぶしぶ帰ろうとしたとき、出口近くにある小さなクッションが目に飛びこんだ。キルト製のクッションで、古い木のいすの背に立てかけてある。どうやらシャーロッツバイトに住んでいる人の手作りらしい。なぜかというと、小さな四角いキルトのひとつひとつに見覚えがあるからだ。たとえば、イースト岬《みさき》の灯台、リトルハーバー海岸で夏によく見かける貝がら、波にのって泳ぐ魚、カモメと船。キルトのまわりは、ししゅう糸で女性用のハイヒールの形になるようにぬってある。アルマはふるえる手でクッションを買い、家まで飛んで帰った。

土曜の朝。

「仕事を始める前に、リリーさんとお話できますか？」

アルマがこうお願いしたので、オリヴィアさんはびっくりして太いまゆをつりあげた。そして首もとのビーズをいじりながら、アルマが抱《かか》えている包みにちらりと目をやった。

「ちょっと待っていてね」

オリヴィアさんはそのまま廊下《ろうか》を歩いて、リリーさんの書斎《しょさい》のとびらをたたいた。

数分後、アルマはリリーさんの書斎の中で立っていた。目の前では、リリーさんが箱にかかっているピンクのリボンを苦労しながらほどこうとしている。後ろにいたオリヴィアさんがいすに近寄った。

「お母さま、手伝いましょうか？」

「平気です」

リリーさんはぴしゃりと言い、リボンをするするゆかに落とした。そして赤くなった固い指をフォークのように使って、セロテープをはがそうとする。でも、海のように青い包み紙が、びりびりに破けただけだった。

リリーさんが悪戦苦闘《あくせんくとう》しているあいだ、アルマはなすすべもなく立ちつくしていた。リリーさんはいらいらして顔をしかめ、くちびるを真一文字に結んでいる。やがてべりっという音とともにテープがはがれ、ようやく箱のふたが開いた。

「リリーさん。遅《おそ》くなってしまったけど、お誕生日おめでとうございます。これは母とあたしからのプレゼントです」

アルマは時おり、港でこんな空と海を見ることがある。雨雲が垂れこめ、見渡すかぎり灰色の空と海。そこに西風が吹《ふ》いて雲をはらいのけ、いきなり太陽が顔を出す。すると光かがやくすじが海水を突《つ》き破り、いっしゅんにして深みのある暖かいブルーに変わるのだ。

同じようなことがリリーさんの顔にも起こった。キルトのクッションを箱から出したとたんにしかめっ面《つら》が消えて、表情がふと和《やわ》らいだのだった。だまったまま、ハイヒールをかたどった繊細《せんさい》なししゅうを、指先でたどっている。

こちらを見あげたとき、涙《なみだ》が深いしわに沿ってこぼれていた。

「ありがとう、アルマ」

リリーさんは、声をつまらせてすすり泣いていた。

「しばらく、ひとりにしておきましょう」

オリヴィアさんが、アルマのうでをつかんでぐいっと引っ張った。アルマはオリヴィアさんについて部屋を出たが、頭の中がごちゃごちゃで、どう考えたらいいのかわからなかった。

「すみません。こんなつもりじゃ――」

「あら、あやまることなんてないのよ」オリヴィアさんの声に、いつもの事務的な調子がない。「リリーさんはちょっと感情的になっただけ。先に仕事を済ませてしまいなさいな。帰るまえにまたお話すればいいわ」

アルマはペンを持ち、机に向かってまっすぐすわった。一通目の手紙を清書しながら、知らず知らずのうち書斎《しょさい》に耳をそばだてている。それでもいつものようにていねいに清書し、一枚ずつわきに置いてかわかした。機械的にそれを封筒《ふうとう》に入れてクリップでとめたが、心は宙をさまよっていた。

どうしてリリーさんは、泣くほど感情的になったんだろう？　もう十回以上、アルマは自分の心に聞いていた。クッションが気に入らなかったのかな？　変なものを選んじゃったのかな？　どうしよう、どうしよう。

　血がのぼってきて顔が熱い。とびらのあたりを何度も見る。もうそろそろオリヴィアさんが現れるころかもしれない。リリーさんみたいに何でも持っている人にとって、あんなちっぽけなクッションは、もらっても困るだけだったのだろうか。

　アルマはファイルから次の手紙を取りだし、うわの空で写しはじめた。そしてあいさつのことばを終えて本文に取りかかろうとしたとき、いきなり息を飲みこんで、たったいま書きうつした文を穴があくほど見つめた。

　それは、クッションのことが頭からぜんぶ吹《ふ》っとぶほどの衝撃《しょうげき》だった。

　こう書いてあったからだ。

「親愛なるハッティー・スクリヴェナー様」

第十三章

アルマは大きく息を吸いこんだ。

心臓が早鐘《はやがね》のように鳴って、口がかわいてちくちくする。こんな気持ち、ことばなどで表せない。ましてや文章にすることなんかできっこない。

アルマは、あれからまたリリーさんの書斎《しょさい》に呼ばれたのだった。とびら近くでぼうっとつっ立っているアルマを置きざりにして、オリヴィアさんが静かにとびらを閉める。これで、リリーさんとふたりっきり。

でも、この人はアルマの知っていたリリーさんではない——港のそばの古いお屋敷《やしき》に住んでいる、だれにも知られていない不機嫌《ふきげん》なおばあさんではない。自分が好きで好きでたまらない大作家だったのだ！　その大作家と、いまひとつの部屋にいる！

あんなつまらないクッション、あげなければよかった。誕生日に間に合わなかった最低のプレゼント…。だいたいかの有名なRRホーキンズが、無名のキルト職人が作ったものなんて欲しいわけない。しかも、シャーロッツバイトのように小さくてへんぴな港町のキルト職人が作ったものなんか。

リリーさんは、ごつごつした手をかぎつめのようにしてクッションに置いていた。曲がった指が、パッチワークの模様に乗っている。一本は灯台の上に、もう一本は砂浜で遊ぶチドリの上に。

「許してちょうだい、アルマ。自分でもどうしてあんなになってしまったのかわからないの。ただ、あなたの親切に心を打たれたのです」

アルマはあんぐりと口を開けた。ことばが出ない。

「すてきなプレゼントですよ。私は自分でもキルトを作っていたことがあるから…そう、ずいぶん昔のことだけど、デザインも自分で考えたものです」

リリーさんは自分の手を見つめたあと、アルマの顔を見あげた。ようやくアルマは、リリーさんが何を求めているのかわかった。

「気に入っていただけてうれしいです。リリーさん」

リリーさんの声が、いつもようにきつくなった。

「何をそんなにそわそわしているのです、アルマ？　だいじょうぶですか？　顔色が悪いですよ。たった今、びっくりさせたことをわびたばかりなのに」

「だい…だいじょうぶです」アルマはようやく声をしぼり出した。

「平気です」

「仕事は終わったのですか？」リリーさんの声が、事務的な調子にもどってしまった。

「はい。リリーさん」

「よろしい。それでは出て行くまえに、たばことホールダーを渡してちょうだい」

アルマは屋敷《やしき》から出て、歩道のとけかかった雪をビシャビシャはね飛ばしながら道を急いだ。

お母さんに言った方がいいのかな？

ううん。お母さんにはあたしのこんな気持ち、わかりっこない。——でもこれはただのいいわけ。本当は、このおいしい秘密をひとりじめしたいだけなんだ。甘《あま》いトフィーがとろけるのを、口の中でゆっくり味わうように。せめて、しばらくのあいだだけでも…。

アルマは家にもどるなり、RRホーキンズに次の手紙を書きはじめた。

今度はもう気持ちを抑《おさ》えることはない。本の感想、好きだという気持ち、ずっと聞きたいと思っていた質問などを、ただひたすら書いて書いて書きまくった。質問は大まかに分けるとふたつある。

ひとつめは、なぜ本を書くのをやめたのかということ。アイデアが尽《つ》きたのだろうか。病気になったのだろうか。有名人でいることがいやになったのだろうか。…そんな疑問をしつこく、でも失礼にならないようにことばを選んだ。

次に、自分が作家になりたいということをまず書いたあとで、こうたずねた。宿題で書いている物語が長くなりすぎて、期日までに終わりそうもありません。どうしたらいいでしょう、と。

何週間かたって、返事の手紙がファイルに入っていた。

「親愛なるハッティー・スクリヴェナー様」

お手紙ありがとうございました。いくつかのご質問には答えることができませんが、個人的なことですのでどうかお許しください。私がプライバシーをとても重んじる人間だということには、気づいていらっしゃることでしょう。読んでくださった本の内容から、答えを想像していただければ幸いだと思っております。

私がなぜ作家を辞めたのかということも個人的なことですし、もし理由を書きだしたら、きりがありません。

あなたがぶじに物語を書きおえられますように。ひとこと意見を言わせていただくなら、成功というものは諸刃《もろは》のやいばと同じです。そのことを、どうかお心にお留めおきくださいませ。

かしこ

親愛なるRRホーキンズ様

早々にお返事をくださってありがとうございました。作家をお辞めになった理由を教えていただけないのは当然です。おっしゃるとおり、個人的なことですから。

でもどうか、もう一冊でいいから本を書いていただけないでしょうか？　あなたの本があまりにもすばらしいからです！　あのような物語を書ける人は、ほかにいません。

「それから」とアルマは続けて、前に出した手紙の一部をくり返したのだ。RRホーキンズは、アルマの物語について何も答えてくれていない。

それからくり返しになりますが、物語のことをアドバイスしていただけないでしょうか？
ある程度は書いたのですが、行きづまってしまいました。ホーキンズさんにもこのようなときがあったのでしょうか？　あったとしたら、どうやって乗りこえたのでしょう？　もし私の書いた物語をお送りしたら、アドバイスをしていただけるでしょうか？

かしこ

ハッティー・スクリヴエナー

その手紙を出した朝のこと。

アルマは、お屋敷《やしき》のリビングで清書していた。窓から小鳥のさえずりが聞こえ、そよ風が道の向こうのカエデのにおいを運んでくる。

オリヴィアさんは、買い物に出かけている。冬の終わりからこのように留守番をお願いされることが多くなったが、そのたびにアルマは得意な気持ちになった。リリーさんをまかせてもだいじょうぶだと、信頼《しんらい》されているということだから。

「アルマ！」家の奥《おく》から呼び声が聞こえた。

アルマは飛び上がって書斎《しょさい》まで走り、とびらを静かにノックした。

「リリーさん？」

「お入りなさい」

　とびらを開いたアルマは、目の前の光景が信じられなかった。

「リリーさん！　立っていらっしゃるんですか！」

「もちろんですよ。でも杖《つえ》を落としてしまったの」

　リリーさんは、まるでアルマが杖をたたき落したかのようにぶつぶつ言う。

「ちょっと、口をぽかんと開けてつっ立っていないでちょうだい、アルマ！」

　アルマはかがんで杖を拾い、リリーさんに手渡した。

「あなたは、リトルウォーフ港がいちばんのお気にいりの場所だと言っていましたね？」

「はい、リリーさん」

「ではそこがどんなにそうぞうしいところか、見にいくことにしましょう。オリヴィアが帰ってきたらだめだと言うから、今すぐに」

「でも…」

「廊下《ろうか》のクローゼットに、私のコートがかかっています。それからアルマ、ちょっと手を貸してちょうだい」

それからが大変だった。リリーさんは右手に杖を、左手をアルマの肩《かた》にまわして、やっとの思いで玄関《げんかん》の石段を下りた。通りに出て港の方向に向かう。海から吹《ふ》く風がすがすがしい。ひんやりとした空気に、海草と魚と潮のにおいが混じっている。

ロブスターをつかまえるかごが、船着き場に沿って何段も海水に沈《しず》められている。いちばん上のかごは海面より高い。もうあと数週間もすれば、観光シーズンなのだ。

アルマは、リリーさんの体のバランスをくずさないように注意しながら、ゆっくりと歩いた。

「あたしは、かの有名なＲＲホーキンズと海岸を散歩しているんだ！」と得意になりながら。

あたしは、リリーさんがＲＲホーキンズだってことを知っている。でもリリーさんは、あたしが知っているなんて夢にも思っていない！　そう思うと、にんまり笑いがこみあげてくる。

「何を考えているの？」とリリーさん。

「いいえ、何も」

「何もないのに笑う人なんていませんよ、アルマ」

アルマは、リリーさんに港を案内した。ヨットの停泊場《ていはくば》、みやげもの屋、それにレストラン。観光シーズンにそなえて、新しくペンキをぬっている店もある。春の日差しを浴びながら散歩している人々。犬を連れて歩いたり、うでを組んでぶらぶらしたり。

すぐにリリーさんは疲《つか》れはてて、もう帰りましょうと言ってきた。家にもどると、リリーさんは書斎《しょさい》のいすにゆっくりと腰《こし》をおろし、象牙《ぞうげ》のホールダーに手を伸《の》ばした。

「アルマ、これからもときどきこうやって散歩しましょうね」

「ええ、リリーさん。いつでも言ってくださいね」

…さすがに、「ホーキンズさん」とは呼べなかった。

第十四章

「親愛なるハッティー・スクリヴェナー様」

アルマは手紙にそう書いた――正確に言うと、リリーさんの手紙を書きうつした。屋敷《やしき》の窓の外では、やさしい雨が芝生《しばふ》や歩道をぬらしている。

お手紙ありがとうございました。残念ながら、あなたの物語にアドバイスすることはできません。お察ししていただけると思うのですが、そのような申し出はたくさんあるのです。でもだれにもアドバイスしたことはありません。公平を保つためにも、これからもそのつもりでおります。

いちばんいい方法は、あなたと同じように本を愛し、信頼《しんらい》できる人物に物語を見てもらうことだと思います。いかがでしょうか。

かしこ

アルマはものすごくがっかりした。それで「**かしこ**」の「**こ**」を書くときに力を入れすぎて、きたないしみをつけてしまった。大きなため息をつきながら、机の仕切りだなから新しいクリーム色の便せんを取りだして、また初めから書きなおす。でも書きおえたとき、アルマはなぜか小悪魔《こあくま》のような笑《え》みを浮《う》かべていた。

あなたに見せることにするわ。ＲＲホーキンズさん。

土曜の朝、アルマとリリーさんはまた散歩に出かけた。今度はオリヴィアさんも了解《りょうかい》してくれている。それどころか、歯のすきまを見せて顔いっぱいの笑みを浮かべながら、送り出してくれたのだ。

港の空を見あげると、カモメがぐるぐる回っている。あのするどい鳴き声の意味がわかればいいのに。食べ物のことで鳴いているのかな？　それとも船着き場にいる人間に気がついたから？　桟橋《さんばし》につながれてゆらゆらゆれているボートのことが気になるの？　カモメどうしで話したりするんだろうか？

アルマは、RRホーキンズのアドバイスに従って、信頼《しんらい》できる友人に物語を見せることにした。そしてその友人として、リリーさんその人を選んだのだ。タイミングとしては、いま話し出すのがいいかもしれない。

リリーさんは、アルマと並んで公園のベンチに腰《こし》かけている。暖かい朝の太陽に、しわだらけの青白い顔を向けて。リリーさんは明るい色の平凡《へいぼん》なドレスに黒いショールを巻き、木綿《もめん》の手ぶくろをはめている。教えてもらったわけではないが、リリーさんが手ぶくろをはめるのは、真っ赤にはれた指をかくすためだろう。

アルマは意を決して口を開いた。

「あのう…リリーさん」

「何ですか？」目を閉じてそっぽ向いたままだ。

「こんなこと、お聞きしてもいいのかわからないんですけど」

「アルマ。聞いていいのか悪いのかなんてどうでもいいことです。もし聞きたいことがあるのならばお聞きなさい」

リリーさんは遠まわしな言い方がきらいなのだ。そのことを思いだして、アルマは一気にまくしたてた。

「マカリスター先生に提出する物語のことで、おうかがいしたいんですけど」

リリーさんがうなずく。

「マカリスター先生というのはだれですか？」

「担任の先生です。いちばんいいものを書いたら賞をもらえるんです。次の月曜日までに出さなくてはならないんですが、話が長くなりすぎて困ってしまって…」

老いた青白いまぶたが開いたが、すぐにまた閉じた。

「なんで私に聞くのです？」

あなたが世界中のだれよりも物語のことをよく知っているからです。そう、アルマは答えたかった。だってあなたはシェイクスピアよりすごい最高の作家だから。…なんて、シェイクスピアを読んだわけではないけれど。

「それは、リリーさんが私と同じように本をお好きだからです。もちろん読んだ量がぜんぜんちがいますが」

それに、あなたのことを信頼《しんらい》しているからです…アルマは心の中でつけ加えた。

リリーさんが、目を開いてアルマを見あげる。

「何が問題なのか、もっと正確に教えてちょうだい」

リリーさんが「正確に」というときは、本当に「正確に」言わなくてはならない。オリヴィアさんなら、遠まわしに言ったりためらったりしてはだめよと言うだろう。

「行きづまってしまったんです。どうやって終わったらいいのかさっぱりわからなくて」

「たばこを入れてくださる？」

リリーさんが、ひざの上に置いた布ぶくろをぎこちなくアルマに手渡した。アルマはこのごろ、象牙《ぞうげ》のホールダーにたばこを差しこんだり、ライターで火をつけたりという役目をやらせてもらえるようになっていた。

「どんなお話なのか、言ってみてちょうだい」けむりが鼻孔《びこう》からもれる。

アルマはびくびくしながらゆっくりと話しはじめた。でも、主人公のサミーが最初の夢を見たところを話すころには、ちょっぴり自信が生まれていた。ずっとこの話のことばかり考えているのだ。

「話ができているのはここまでです」

リリーさんがほほえむ。

「夢を貸すなんていいアイディアね。私もそんなこと考えついたらねえ」

リリーさんが笑うのはものすごく珍《めずら》しい。何しろ今までほとんど笑顔《えがお》を見たことがないのだ。これは物語がよかったということなのだろうか。アルマはうれしくなってきた。

「それで、どう終わればいいのかわからないというのね」

「はい」

「そんなのはどうでもいいことよ」

リリーさんはそう言いながら、アルマにホールダーを渡す。アルマは慣れた手つきで吸いがらを引っ張り、ホールダーを振《ふ》った。そして石だたみに落ちた吸いがらを拾ってベンチ横の灰皿に入れ、次のことばを待った。

「あなたが、サミーの見た夢やサミーの家族のことを話してくれたとき」リリーさんの低くて力強い声が、さらに力強く聞こえる。

「話が長くなりすぎて…と三回も言いましたね」リリーさんはひと息ついた。

アルマはうれしくなった。リリーさんがいま、サミーの見た夢やサミーの家族のこと、という言い方をしたからだ。まるでサミーが実在の人物かのように。そのとき、リリーさんがアルマのことばを待っていることに、はっと気がついた。

「はい。マカリスター先生は五ページ以内で書くようにと言ったんです。でももう――」

「学校の教師が言いそうなことです」リリーさんの声が、低く大きくひびく。

「たぶんあなたは、物語が終わりを教えてくれないのではないかと心配しているんでしょう。それで書きすぎてしまうかもしれないと」

「物語が終わりを教えてくれない…？」

「そうです。よくお聞きなさい。あなたは物語を自分のものだと思っているでしょう。自分が書いているのですからね。その気持ちはよくわかりますが、まちがっていますよ。どの物語にも、それぞれの命とそれぞれの長さがあるの。特に、あなたの物語のようによくできたものには…。あなたが長さを決めるのではありませんよ。ひとたび物語が生まれたら、その物語が自分自身で運命をたどっていくのです。だから、マカリスター先生に言われたことを忘れてリラックスすることね。そうしたら、物語の方からいつどのように終わるのか、自然に教えてくれるでしょう。そのあとで書けばいいのです。物語を支配しようなどと思ってはいけないの。わかりましたか?」

「はい。ええと…たぶん」

「たぶん、というのはどういうこと? わかったの、わからないの?」

「わかりました」

「よろしい。それでは少しだけヒントをあげましょう。残りは自分でやりなさい。出だしのところでサミーは、両親が子どもなど欲しくなかったんだと思ってすねていましたね? 自分が望まれなかった子のような気がして」

「はい」

「あなたのお話を聞くと、まだその問題は解決していませんね」

アルマは顔をしかめててしばらく考えた。

「はい。まだです」

「よろしい。それではオリヴィアが捜索《そうさく》願いを出す前に、帰るとしましょう」


アルマは、ソファーを机がわりにしてじゅうたんの上にすわった。母親がいつ帰ってきてもいいように、テーブルには紅茶の用意がしてある。天井《てんじょう》からは、アイルランド・ドラムのうちふるえるようなひびきが聞こえる。ブリキの笛のメロディーと、ヴァイオリンとギターの伴奏《ばんそう》もいっしょに。

アルマは、リリーさんとマカリスター先生が言ったことをくり返し考えていた。

リリーさんは、物語が自分で長さを決めるのだと教えてくれた。でもマカリスター先生は、少なくとも三回はこう言ったのだ。

「物語が長すぎたら点はつけますが、Ｃしか取れませんよ。それに賞の対象にもなりません」と。

アルマはしばらくのあいだ、紙にいたずら書きしていた。アルマ、ＲＲホーキンズ、クララ、サミー。カロリング書体とハーフアンシャル書体で交互《こうご》に…。

今までに何度も何度も、物語が長くなりすぎたことで悩《なや》んでいた。でも今さら、新しいものを書きなおす時間はない。つまりこれを終わらせて提出するしかないのだ。

賞は取ることできない。対象にもしてもらえない。でもともかく書きおわらせよう。ベストをつくして。

こうして物語の長さのことで悩むのをやめたとたん、アルマの頭の中にアイディアがわいてきたのだった。

第十五章

教室は熱気でむんむんしている。ささやき声がそこらじゅうから聞こえてくる。

マカリスター先生が、黒板に書いてある十問の計算問題を指さした。ときなさい、という意味だ。生徒たちは、いやそうに足を引きずったり、意味もなくえんぴつをいじくりまわしたり、紙に数字を書いたり消したりしている。ドアのそばにあるかべかけのえんぴつけずりを使わせてくださいという生徒が、ふだんの十倍近くはいるだろう。

窓の外を見ると、暑さで茂《しげ》みや葉がくたっとうなだれている。花壇《かだん》から立ちのぼるチューリップやアヤメのかおりが、開けっ放しの窓から入りこみ、生徒たちの心をざわざわかきまわす。もうすぐ夏休みなのだ。宿題や文字や数字のことを考えなくてもいい、長くてけだるい休みがやってくる。

今日と明日で学校は終わり。アルマはもういちど時計を見た。物語コンテストの優勝者が発表されるまであと十五分。

アルマは休み時間の校庭で、聞きずてならないことを耳にしてしまった。ルイーズが、あたしが優勝するはずよ、と言っていたのだ。ルイーズのお母さんは、シャーロッツバイト新聞に詩がのるほど文がうまい。そのお母さんが、物語作りを手つだってくれたという。親が手つだうなんてルール違反《いはん》なのに。ルイーズは、言うまでもなくマカリスター先生のお気にいりだ。

もう自分が競争に加わっていないのはわかっているが、それでも、せめてルイーズ以外の人に賞を取って欲しい。でもたぶん、ルイーズの思いどおりになるんだろう。

ついにマカリスター先生が、えりもとのブローチにぶら下がっている時計を手に取って、時間を見た。(アルマはそれをひそかに「逆さま時計」と呼んでいる。ぶら下がっているとき、上下が逆さまだからだ)

先生は立ちあがってやせた腰《こし》のあたりの服のしわを伸《の》ばすと、ゆっくり金属製のたなに近づいた。真ん中の引き出しから紙のたばを取りだし、胸のあたりに抱《かか》えながら中ほどにもどる。

そして黒板を背にして、声をはりあげた。

「はい。それでは算数をしまってください」

足をふみならす音や紙のガサガサいう音、机のふたをキーキーいわせて開けたり閉じたりする音が続いた。やがて生徒たちはすわり直し、しいんと静かになる。みんなこういうときは静かにするように、一年じゅう言われつづけているのだ。机の上に手を組みあわせたまま、ぴくりとも動かない子もいる。

「今年はいい物語がたくさんありました」

マカリスター先生が、熱っぽい声で話し始めた。

席のあちこちが、波のようにざわめいた。お互《たが》いをちらちら見たり、笑いあったり。マカリスター先生は、静かになるのを待ってから口を開いた。

「今回は、優勝者のほかにがんばった人たちが三人います」

教室じゅうがそわそわし始めた。水を打ったように静かになるのを待ってから、マカリスター先生は三人の名前とタイトルを読みあげた。

ボビーの書いた「真夜中の嵐《あらし》」。アリスの「私の親友」。そしてアグネスの「クリスマスプレゼント」だ。アグネスの話はオー・ヘンリーの「賢者《けんじゃ》の贈《おく》り物《もの》」によく似ているけど、まあいいでしょう、とマカリスター先生は付け加えた。

アルマはほとんど聞いていなかった。うらやましいのと恥《は》ずかしいので、顔が真っ赤にほてっている。ほめられた生徒たちがねたましい。自分に価値がないような気になる。いい物語を書いたクラスメートにはおめでとうを言わなければならないのに、とてもそんな気にはなれない。先生に名前を呼ばれたかった。優勝したかった……。

「そして今年の優勝者は」先生が、かん高い声をあげた。

ルイーズが、手のひらでほっぺたを包んでいる。期待に燃える瞳《ひとみ》をして。仲間のサマンサとポリーも彼女を見つめている。でも先生の次のことばを聞いて、顔の輝《かがや》きがすっと消えた。

「『小さな英雄《えいゆう》』を書いた――」

ルイーズは手を下ろした。がっかりしたのがばれないように、むりやり引きつった顔に笑顔《えがお》を浮《う》かべて。アルマはそれを見て、初めて気の毒だと思った。

「ジェニファーです！」マカリスター先生が、歌うように声を張りあげた。

「こちらに来て、ジェニファー」

ルイーズの周りが、さざなみが立ったようにざわめいた。仲間たちがショックといかりでぶつぶつ文句を言っているのだ。ジェニファーはきっと、家にたどりつくまでおっかなびっくりだろう。

「静かに」と、マカリスター先生。

ジェニファーは先生から新品の辞書をもらい、にこにこ顔で席にもどる。

「今年はちょっと言わなくてはならないことがあります」

マカリスター先生の歌うような調子の声が、とつぜんきびしくなった。

「私があんなにしつこく注意をくり返したのに、わざと従わなかった人がいるからです。その人のお話は、私が決めた長さの三倍もありました」

アルマの中で、何かがぐらぐらゆれて胃の奥《おく》に沈《しず》みこんだ。吐《は》き気がする。あたしの名前を出さないで！　どうか出さないで。頭の中で何回も唱える。恥《は》ずかしくて、顔ものども燃えるように熱い。みんなの前で言わないで！

「アルマ・ニール。あなたはルールに従わないからチャンスを逃《のが》したのですよ」

顔という顔が、いっせいにアルマの方を振《ふ》り向いた。

「みなさんもこのことから学ばなければなりませんね」先生がさとすように言う。

「アルマ、あなたの物語はよかった。とてもよかったけれど…長すぎました」

「長くなんかありません！」

アルマは思わずさけび、そんな自分にショックを受けた。

ルイーズのそばかす顔が、いじわるく満足げにゆがんだ。くすくす笑う生徒もいるが、ほとんどの生徒は、大きく見開いた目でこちらを見つめている。

「残念ながら長すぎます、アルマ。自分でもよく分かっているでしょうに。さて――」

「あたし、有名な作家に聞いたんです！…それも世界一の作家に！　その人に、宿題だからといって物語の長さを決めることはできないって言われました。物語そのものが長さを決めるんだって」

「んまあ！」話をさえぎられて、先生の声がかん高くなった。

「その作家とやらがだれにせよ、シャーロッツバイトに有名な作家がいるなんて、聞いたこともないですよ。その人が言うことは明らかに――」

「RRホーキンズなんです！　あたし、友だちなんだから！　あのホーキンズがそう言うんだからまちがいありません！　先生よりよっぽど本のことを――」

アルマのことばが、あっというまにかわいた。

信じられない。こんなこと言うなんて！

アルマはハアハアあえぎながら席にすわったかと思うと、また立ちあがった。そして、へたってしまいそうな足を引きずりながら通路を歩きだした。

通路の両側には、クラスメートのぽかんと口を開けた顔、また顔…。アルマは教室のドアを飛びだして、いきなり走りはじめた。


アルマがまだ小さいころ、母親のクララが良心について話してくれたことがある。

「あなたの中には、小さな神様が住んでいるの」クララはそう言っていた。

「その神様は声を出して、あなたのやったことが正しいのか正しくないのか教えてくれるのよ。どうしたらいいかまでは教えてくれないけどね。その神様は、あなたを助けようとしているの。だから、声が聞こえたら信用してもいいからね」

その声の持ち主は、あたしのどこに住んでいるんだろう？　やっぱり心臓のある胸？　脳みそのある頭？　声を出すなら耳の中？

アルマはがむしゃらに走らずにはいられなかった。良心がちくちく痛んで、胸に大嵐《おおあらし》が吹《ふ》き荒《あ》れている。アルマはただひたすら走った。秋の落ち葉が、北西の風にあおられて道ぞいに吹きとばされていくように。

やがて、あえぎながらアパートの入り口に到着《とうちゃく》した。動揺《どうよう》しているので、両手でないとかぎを差しこめない。アルマはドアを閉め、部屋にかけずりこんだ。そしてソファーにくずれて髪《かみ》の毛を両手でつかみ、静かにうめいた。頭がずきずき痛む。心臓がおかしくなったみたいに、胸が上下する。

あたしはなんてことをしてしまったんだろう？　自分でも答えをよく知っているはずなの

に、心の中で何度もくり返し、うめき声をあげた。

今まで抱《かか》えたことないほど大切な秘密だったのに、みんなにばらしてしまった。シャーロッツバイトいちの大きな秘密だったのに。ううん、この国、この世界でいちばんの秘密だったかもしれないのに！

それなのに、あたしは裏切ってしまった。友達であり、将来あのようになりたいと思っているあこがれの女性、ＲＲホーキンズを！　それも友達が賞をもらったのがうらやましかったなんていうつまらない理由で。先生に批判され、ひとりだけあざ笑われたのがくやしかったなんていうくだらない理由で。

マカリスター先生があたしをきらいなのは当たり前だ。本当に腹が立つ。あたしなんか、人に好きになってもらう資格ない。

アルマの体に嵐《あらし》が吹《ふ》きすさび、しだいに熱っぽくなってきた。クララが夕食にもどったときには半ば意識がなく、うわごとを言うほどひどくなっていた。体じゅうが汗《あせ》ばみ、火のように熱い。かと思うと急に寒くなって、また熱くなる。母がベッドに寝《ね》かせてくれたことも、はちみつ入りの甘《あま》い紅茶の味も、ほとんど記憶《きおく》にない。頭の中で色んなものがぐるぐる回る。裏切り、罪の意識、こわれた友情…。

医者がやってきたことも、診察《しんさつ》のあとクララと部屋の外で立ち話をして、ドアをばたんとしめて帰ったことも、まったく覚えていない。クララがベッドのはしにすわって、ひたいに冷たい布を置いてくれたことも。

翌朝、熱は引いた。でも周りのものとつながっていないような違和感《いわかん》が、まだ残っている。

クララが、アルマのかわいたくちびるに紅茶のマグをあてた。

「チェノウェス屋敷《やしき》に電話して、あなたが具合悪いって言っておいたわよ」

「ホーキンズ…」アルマがつぶやく。

「学校にも電話をしておいたわ。学期最後の日にお休みするなんて残念だけど、ちょうどのときに夏カゼにかかっちゃったのね。ところで物語コンテストはどうだった？」

アルマの目から、とつぜん涙《なみだ》がぼろぼろこぼれおちた。

「いったいどうしたっていうのよ？　話して。アルマ」

「あたし…言っちゃったの」アルマはむせび泣いた。

「もうめちゃくちゃ。きっときらわれるに決まってる…」

「だれの話をしてるのよ、アルマ？　お願いだから、起きあがってしっかりしてちょうだい。そう…その方がいいわ。顔をふいて。それで、だれのことを言っているのよ？」

「リリーさんのこと。マカリスター先生があたしの物語をけなしたから――」

ちゃんとしゃべろうとしているのにうまくいかない。ことばどうしが、お互《たが》いに追いかけっこしているようだ。話があまりに支離滅裂《しりめつれつ》なので、ついにクララは聞くのをあきらめた。そして空のマグカップを片づけながら言う。

「横になりなさい、アルマ。寝た方がいいわ」

アルマがベッドに体を横たえると、クララはこう言った。

「学校に電話して、何が起こったのか聞いておくわね」

アルマは、三日たってようやくベッドから起きられるようになった。まずやったのは、本だなに置いてあるホーキンズの本を逆の向きにすること。どうしても、この七冊の背表紙を見ることができなかったのだ。ＲＲＨの文字が、アルマをとがめるように輝《かがや》いている気がして。

夏休みが始まったので、学校に行って先生やクラスメートと顔を合わせる必要はない。そのことは救いだったが、目が覚めているあいだじゅう、リトルウォーフ通りのお屋敷《やしき》が脳裏にさまよう。まるでアルマをおどすようにゆらゆらゆれながら。

もうしばらくすると、リリーさんは秘密をばらされたことに気づくだろう。きっと激怒《げきど》してにどと会ってくれなくなるにちがいない。ひょっとしたら、秘密を守るためにまた引《ひ》っ越《こ》してしまうかもしれない。

どちらにしても、カリグラフィーのレッスンをしたり、いっしょに港を歩いたり、暖炉《だんろ》の前で静かに語りあったりすることは、もうない。短いあいだだったけど、アルマは大好きな作家と親しくなれて幸運だった。何しろずっと昔から夢見ていたのだから。それなのに、そのあこがれの人を裏切ってしまった…。

こんなあたしが作家になれるわけはない。そんな資格はない。

一週間が過ぎたが、アルマは一歩でも外に出るのをいやがった。でもそんな時期もやがて終わり、ようやくクララに、何が起こったのか打ちあける気になったのだ。

その日、大切なことを話しあうときいつもするように、ふたりは熱い紅茶のカップをはさんで向かい合った。

「あたし、リリーさんがRRホーキンズだってことを知ってしまったの。偶然《ぐうぜん》に」

そのあと、アルマは急いでつけ加えた。

「別にのぞきまわったりしたわけじゃないからね」

アルマは、出版社を通してリリーさんに手紙を書いたことはいんちきではないと、ずいぶん前から決めつけていたのだ。

「まさか！　それって本当なの？　あなたがいつか宿題で調べていた作家でしょ？」

アルマはうなずく。

「でもリリーさんは、あたしが気がついたってこと知らないの。覚えてる？　RRホーキンズは、ファン、新聞記者、学校の先生たちなどから逃《に》げまわっていたでしょ？　出版社は、ホーキンズあての手紙をまとめてリリーさんに送っていたの。そうすれば、住所をファンに公表しないですむから」

「つまりあなたはリリーさんがだれなのか知ったうえで、週に二回、お屋敷《やしき》に行っていたのね。でもリリーさんの方は、それを知らなかった。そういうこと？」

「そう。もしあたしが知っていることをばらしたら、かんかんにおこったと思う」

「じゃあ、どうして秘密がばれちゃったのよ？」

アルマは大きく息を飲みこんでクララの顔を見つめた。そして夏休みが始まる二日前の事件を、おそるおそる打ちあけたのだ。母の顔が、がっかりしたときのいつもの表情に変わるだろうと思いながら。やっぱり思っていたとおりの顔になった。

「つまり、先生があなたの物語にケチをつけたから、秘密をばらしたっていうのね」

アルマは、空のカップの底をじっと見つめている。

「先生とクラスメートの気を引きたくて、他人の秘密をばらしたっていうことでしょ？」アルマがうなずく。

「わかっているでしょうけど、リリーさんに言わないわけにはいかないわ」

アルマのほおに熱い涙《なみだ》が落ちた。

「お母さん！　言えない！　顔を合わせるなんてとてもできない！」

クララの口もとが、アルマの大きらいな形になった。こういう口もとになるとき、決まっていやなことをやらせようとする。

「アルマ、あなたがなぜそんなことをやったのかわかったわ。でもこのまま何ごともなかったように済ますわけにはいかないわよ」

第十六章

アルマの落ちこんだ気持ちに合わせたように、五日間も続けて雨が降った。まっ黒い雲が垂れこめ、雷《かみなり》まじりの雨が夕方まで激しく降ったのだ。雨どいからざあざあと水がもれ、気まぐれな風がガラス窓に雨つぶをたたきつける。

アルマは本を読む気になれなかった。物語にもう魅力《みりょく》を感じない。カリグラフィーの万年筆もたなの上に置きっぱなしにしたまま、ずっとさわっていない。アルマはベッドに寝《ね》そべって、時おりまどろんだり、片づけ物をしたり、はかなくてもいいくらいきれいなゆかをはいたりして時間をつぶした。またキッチンで、戸だなの食器を入れかえたり、電気コンロやカウンターをみがいたり、つまらない家事をしつづけた。まるで罪ほろぼしをするかのように。

日曜日になった。

アルマは、クララといっしょに洗濯《せんたく》に出かけ、食料品店でカートを押《お》すのを手伝った。もう古本屋の「ターンアラウンド」に行きたいなどと、だだをこねたりもしない。

茶色くにごった大きな水たまりをよけながら家にもどる。食料をしまってアイロンをかけ、昼食も取らずに寝そべった。

キッチンでは、クララが鼻歌を歌っている。アルマは、ギンガムのカーテンをずっと見つめていた。カーテンのすそが、暖かいそよ風に吹《ふ》かれて上下に波うっている。ひさしの向こうからは、チュンチュンというスズメのさえずり。

そのときとつぜん、心がこおりついた。外の小道でふたりの人が話している声が聞こえたからだ。しかも、しだいに大きくはっきりと。

アルマはベッドから飛びおきて、窓にかけよった。ふたりの女性が玄関先《げんかんさき》に来ている。やがてノックの音。心臓がどきどき鳴って、息ができない。

玄関がぎいっと開いてあいさつが聞こえ、やがてバタンと閉まる音がした。アルマはカーテンをつかんだまま、窓辺に立ちすくんでいた。いったいどうしたらいいんだろう？

「アルマ、キッチンに来てちょうだい。お客様よ」クララの声。

アルマは、口ではあはあ息をしながらたたずんでいた。

「アルマ!」

少しおこったような口調。アルマは大きく深呼吸してキッチンに入った。

テーブルの向こうでは、オリヴィアさんが無表情ですわっている。緑色のビーズネックレスに花柄《はながら》の夏服姿。となりではリリーさんが、とがめるようなするどい目つきでアルマを見つめている。手ぶくろをはめて杖《つえ》をつき、むっとしたように口もとを曲げて。クララは、コンロの前でお湯がわくのを待っていた。

「アルマ、紅茶の用意をしてくださる?」よそいきの言い方だ。

「チエノウエスさんとホーキンズさんにごあいさつをしないと」

アルマはやっとのことでしわがれ声を出した。

「こんにちは。リリーさん、オリヴィアさん」

そしてそのまま、固くにぎりしめた手を下に伸《の》ばし、郵便ポストのように立ちすくんだのだった。リリーさんの前には、ふくらんだ布バッグが置いてある。

リリーさんはあいさつを返したあと、こう続けた。

「アルマ、あなたの具合が悪いことを、わざわざお母さまが知らせてくれたのですよ。それで様子が気になって寄ってみたのです」

「リリーさんは、なんとひとりでここまで歩いてきたのですよ！」

オリヴィアさんが口をはさんだので、リリーさんはしかめっ面《つら》をした。

「ほら、紅茶の用意は？」クララがせっつく。

アルマは食器だなに近づいて四組のティーカップと受け皿を取りだした。カタカタ鳴らしながらもどり、砂糖入れとミルク差しを並べる。

「アルマ、すわって」と、クララ。

アルマはすわってひざに両手を重ねた。ある意味でほっとしていたのだ。これで罰《ばつ》を受けることができるのだから。こわいけどそのうち終わる。ついにこのときが来てしまった…。

リリーさんが口を開いた。

「アルマ、私はとても失望したのですよ。あなたが――」

次のことばが出てくる前に、アルマがせきを切ったように叫《さけ》んだ。

「ごめんなさい、リリーさん！　ごめんなさい！　言わなきゃよかったんです！　ぜんぶあたしが悪いんです。マカリスター先生が信じてくれないから、つい――」

とつぜんアルマのことばがとぎれた。自分が言いわけしようとしたことに気づいたからだ。言いわけなんかできっこない。

アルマは失ったもののあまりに重さにがく然として、すすり泣きしはじめた。

なんて楽しかったんだろう……。リリーさんのお屋敷《やしき》に出かけて、ＲＲホーキンズが書いた手紙だと知りながらリビングで清書したこと。本の話をしながらいっしょに散歩したこと。リリーさんのたばこに火をつけたこと。そんなことさえ楽しかった。オリヴィアさんの、歯のあいだにすき間がある笑い顔さえ、好きだった。

「アルマ」

リリーさんがさえぎった。おごそかな低い声が、いつにも増しておごそかに聞こえる。

「あなたは誤解していますよ。あなたのお母さまから学校で何があったのかお聞きしました。

このようになってしまって、もちろんうれしいわけではありません。でも私が失望したのは、そのことではないのです。あなたが私のことを、この程度のことでうらんだりするようなつまらない友人だと思っていたことなのですよ」

　耳に入ってきたことばが、頭の中をがちゃがちゃ空まわりする。何も考えられない。アルマはすわったまま、大作家の顔をぼうぜんと見つめた。この人は、いったい何を言っているの？

「あたし…でも…ごめんなさい、リリーさん」

　アルマは、必死でことばをつなぎ合わせた。

「それって？　でもあたしは…」

　クララが、ティーポットをテーブルの真ん中に置きながら言った。

「アルマ、紅茶をおつぎして」

　アルマはティーポットを持ちあげようとしたが、手がぶるぶるふるえて持ちあがらない。

「やらせていただける？」

　オリヴィアさんが、アルマの手からポットを受けとった。アルマは、たった今聞いたことばが信じられなかった。リリーさんはあたしをきらいになっていないの…でもどうして？

「私の本当の姿を知ったのだから、これをあげることにしましょう」

リリーさんはいかめしくことばを続け、テーブルの上の布バッグをアルマのほうに押《お》した。

「あなたが持っていることは知っていますが、こちらの方が気にいると思いますよ」

オリヴィアさんが顔じゅうに笑《え》みを浮《う》かべて、紅茶に入れた砂糖をかき混ぜている。

アルマはクララをちらっと見た。にこにこしながらうなずいている。バッグの引きひもをゆるめると、本がたくさん見えたではないか。

七冊の新しい本…。

つややかな栗色《くりいろ》の革表紙の本だ。アルマはそのうち一冊を開き、鼻先に近づけてみた。革とインクと、上質な紙のにおい…。金色の細いリボンは、しおりだろう。背表紙には、「影《かげ》の中へ」という題名と、作家のイニシャル「RRH」が、金色に輝《かがや》いている。

最初のページを開くと、読みにくいふるえた文字でこう書いてあった。

「将来、作家になるであろう友人、アルマへ」と。

ほかの六冊も同じ。ぜんぶリリーさんが自分で書いてくれたのだ。

その午後、アルマは紅茶をお代わりしながらリリーさんの話に聞きいった。

話の内容は、目を丸くすることばかり。ＲＲホーキンズは、世間から身をかくすことにこだわっていたわけではなく、普通の人と同じように生活したいだけだったのだ。インタビューを受けたり読者にさわがれるのがいやなだけで、ただそっとしておいて欲しかったらしい。アルマがずっと思っていたように、どうしても秘密に暮らしたくて逃《に》げまわっていたのではなかったのだ。

シャーロッツバイトに引《ひ》っ越《こ》してきたのは、都会での生活に疲《つか》れたからだという。ボストンの家を売るときは、買い手が最後になって契約《けいやく》を破ったので大変だったそうだ。

リリーさんの話を聞くうちに、アルマの心にさわやかな風が吹《ふ》きこんできた。

あの事件のあと、アルマの心はまるで、何年ものあいだとびらを閉ざしたままの古い屋根裏べやのようになっていた。ほこりっぽくて、カビの生えた屋根裏べや…。その屋根裏べやの窓を、いまリリーさんが開けて、甘《あま》いかおりがする冷たいそよ風を入れてくれた。

ふたりが帰るころ、アルマはようやくふだんの自分にもどっていた。いったんドアをくぐったオリヴィアさんが、頭だけひょいとこちらにつき出す。

「アルマ、次の火曜日にいつもの時間に来てくださる？　手紙がかなりたまってきているの」

クララを見るとうなずいている。

「はい」と、アルマ。

「それからリリーさんが言い忘れたようだけど、もしよかったらあなたの物語を読んでみたいそうよ」

アルマはこっくりとうなずいた。

「火曜日に持ってきてちょうだいね。それからもうひとつ」

オリヴィアさんが声をひそめた。

「じつはね、あなたに会うまえ、リリーさんは一年以上も歩いていなかったの」

オリヴィアさんはそう言い残して、静かにとびらを閉めたのだった。

アルマは寝室《しんしつ》に入って、ベッドのはしにすわった。

新しいRRHの本を次々に取りだしてみては、金色の文字を手でなぞってみる。あこがれの大作家が書いてくれたメッセージを読みなおすために。

なぞがいくつもとけた。ただひとつをのぞいては…。

「アルマへ」と黒インクで書かれた文字。その下には、関節炎《かんせつえん》でふるえる手で書いた読みにくいサインがある。「RRホーキンズ」と。――そのサインをじっと見つめながら、アルマはつぶやいた。

なんで、小説を書くのをやめたんだろう?

第十七章

アルマは、自分が生まれた農場のことをほとんど覚えていない。

でも思いがけないときに、いきなりイメージが浮《う》かぶことがある。まるで窓を開けたときに目に飛びこんでくる太陽の光のように。

ある暑くるしいじめじめした朝のこと。ベッドにもたれかかって目を閉じたとたんに、こんな光景が現れた。

緑の農場や林が広がるなだらかな田園風景――ほこりっぽい赤土の道が、のぼったりおりたりしながら続いていく。

道のわきの草は刈《か》りこまれ、白、黄色、紫色《むらさきいろ》の花が咲きみだれている。野生のニンジンやセイダカアワダチソウ、オトギリソウ、ソラマメなどの花々。野原がどこまでもどこまでも続いていき、空に消えていくよう。

畑ではジャガイモがよく育ち、花が風に吹《ふ》かれてしおれている。緑色にちらちら光っているのは大麦畑。こんがりとした金色に輝《かがや》いているカラス麦畑。ふっくらした穂《ほ》がそよ風の中でゆらゆらゆれて…。

でも、そこでどんなふうに暮らしていたんだろう。アルマはリトルウォーフ通りを歩いてチェノウェス屋敷《やしき》に向かうとちゅう、いっしょうけんめい考えた。でもどうしても思いだすことができなかった。

さて夏がやって来た。

リリーさんたちの服は、暗くて重たいドレスとショールから、軽やかな木綿《もめん》とギンガムに変わった。暖炉《だんろ》もすっかりきれいに掃除《そうじ》され、真夏にそなえて新しい扇風機《せんぷうき》がリビングのテーブルに置かれるようになった。

初めの二週間、アルマの仕事は大変だった。ファイルがぱんぱんになるほど手紙の原稿《げんこう》がたまっていたからだ。それもやがて片づき、火曜日と土曜日だけではなく、好きなときにお屋敷に行くようになった。クララのことばを借りれば「出勤」するようになったのだ。

このごろでは、晴れるたびにリリーさんと散歩に出かけている。

リリーさんは、杖《つえ》に寄りかかって一歩ずつ慎重《しんちょう》に歩く。おしゃべりしながらのときもあるが、たいていはだまったままアルマと肩《かた》を並べて。リリーさんは静けさを重んじる人なのだ。いちどなど「しゃべらないで」と注意されたことさえある。

「でないと、静けさを自分のものにできないでしょう」

そうリリーさんは言うのだ。アルマは意味がわからなかったが、なんとなく想像はついた。

その日、ふたりは港に近い公園に出かけ、カシの木かげのベンチにすわっていた。潮が満ちはじめ、ひものような海草やクラゲが上流に勢いよく流されていく。

「学校が早く始まって欲しいですか？」

アルマが物思いにふけっていると、リリーさんがたずねてきた。

「あと二週間しか夏休みは残っていないわね」

「こんどの担任はストラッチャン先生っていうきびしい先生なので、始まって欲しいような、欲しくないような…。同級生のロビーが、先生の上着にはいつもフケがついていて、毎日同じネクタイだなんて言うんです」

リリーさんの口もとが、にやりとゆがんだ。

「物語を書く授業はあるのかしらね？」

「ええ、たぶん。でも書き方の授業はないって聞きました」

「いずれにせよ、物語を書き続けることね」

「はい、そうします。じつは昨日、新しいお話を書き始めたんですよ」

リリーさんが「夢をかす店」をほめてくれたおかげで、アルマは書く自信がついたのだ。いい話ですよ――そう言ってもらって得意の絶頂だった。いちばん好きな作家にほめられたのだからむりもない。

でもあとになって、あれは本当なのかなと疑問に思った。ただのお世辞かもしれない。でもリリーさんは、遠慮《えんりょ》したりごまかしたりせず、思ったことをそのまま言う人だ。だからもし物語が気に入らなかったら、はっきりとそう言うだろう。

ベンチにすわっていると、いろいろな物音が耳に入ってくる。入り江で旋回《せんかい》しながら鳴くカモメ。うしろのぶらんこで遊ぶ子どもたちの笑い声。アイスクリーム屋のあたりからは、老人の弾《ひ》くヴァイオリンのかすかな調べ……。

アルマは勇気をふりしぼってリリーさんに聞いてみた。

「リリーさん、ひとつお聞きしていいですか？」

「今だって質問しているじゃないの。それなのに、どうしてそんなことを聞くの？」

「つい聞いちゃうんです」とアルマ。

「わかったわ。先を続けなさい」

「なんで本を書くのをやめたんですか？」

リリーさんは入り江の方を向いた。

ヨットが帆《ほ》をたたんで山あいをめがけて進んでいる。橋の下をくぐりはじめた。モーターの音がプスプスと聞こえてくる。リリーさんがあまりに長いことヨットを見つめているので、アルマはそわそわし始めた。

おこってしまったのだろうか。リリーさんがなんで天職を放棄《ほうき》したのかなんて、アルマとはどう考えても関係がない。

「説明するのはかんたんではないわね」

リリーさんはそう言いながら、アルマの方を向いた。

「『真実の世界』の三部作を書き始めたときは、書きおわったあとのことなど何も考えていませんでした。でも三作目が出版されたときには、もう『変わりゆく世界』の構想が頭に浮《う》かんでいたの。それはあなたも知ってのとおり、もっと大きな計画だった」

「四部作…」とアルマ。

「ようやく七作目を書きおえたときには、十四――いえ、十五年も過ぎていたわ。十五年ものあいだ、極端《きょくたん》に集中して努力しつづけてきたので、私は疲《つか》れてしまったの」

アルマはだまったままだった。

「それに」しばらくして、リリーさんは口を開いた。

「あなたも知ってのとおり、私は周りから注目を浴びるのがとてもいやでした。特に、記事を書くために過去をほじくり返したり、私生活や作品をすべて知っているふりする人たちが大きらいだった」

アルマはリリーさんの過去をほとんど知らないが、だまっていた。その方が話す気になると思ったのだ。

「だけどいちばんの原因は、物語を書く情熱をなくしてしまったことでしょう。アルマ、どんなものかわかるわね。あなたにはあるのだから」

アルマには、リリーさんの言う意味がわかるような気がしたが、あやふやだった。

「どんなものですか？　教えてください」

「本を書くのに、情熱ほど必要なものはないのですよ。何しろ、気が遠くなるほどの時間、たったひとりでこつこつと調べものや考えごとについやすのですから。それなのに、周りはそのことをわかっていない。ただ物語のアイディアを見つけて紙に書くだけだと思っている人たちが、どんなに多いことか。その人たちは、インスピレーションこそすべてだと思っているのです。インスピレーションさえあれば、悩《なや》んだり苦しんだりすることもないというふうに。だけどじっさいは、物語の構造とひとつひとつのアイディアが衝突《しょうとつ》したり、登場人物がうまくおさまらなくなったりして、書きなおすこともしょっちゅうなのですよ。編集者とのいざこざもあるし。最悪なのは、どんなに本の評判がよくても、どんどん自信がなくなることでしょうね」

リリーさんは、また遠くを見つめた。

「ぐちに聞こえるかもしれないけれど、そんなつもりではないの。本を書くということによって、何もないところからものを作りあげるという素晴らしいスリルを体験できるのですからね。でもそこまで仕上げられるのは、情熱があればこそ。情熱こそが、何にも増して大切なものなのですよ」

リリーさんは、最後のひと言でエネルギーを使い果たしてしまったようだった。息をぐっと飲みこんで、入り江をまた見つめはじめる。潮のかおりがするさわやかな風が、山あいに吹《ふ》きこんで涼《すず》しくなってきた。漁船が港を横切ったあとに、なめらかな泡《あわ》の道ができている。

アルマは、物語のアイディアを思いついたときの興奮を思いだした。ひとたびアイディアが生まれると、そのための場所をいつも頭の中に空けておく。まるで、アパートの部屋を長期滞在者《ちょうきたいざいしゃ》に貸すみたいに。物語の形ができるにつれ、胸がぞくぞくしてくる。それをアンシャル書体で書きとめると、いっそう満たされた気持ちになる。

「さびしくないですか？」

リリーさんは肩《かた》をすくめた。でも表情がさびしいと言っている。

「もう書かないんですか？」

アルマはさらにつっこんだ。でもリリーさんはもう語りつくしてしまったようだ。さっきまで輝《かがや》いていた顔がくもって、深いしわのあるかたい表情にもどっている。

「ずうっと昔にその質問をされたときには、ノーと答えていたわ。でも今は、よくわかりません。それより、立ちあがりたいから手伝ってちょうだい。むだ話をしたせいで疲《つか》れたじゃないの、アルマ」

そしてふたりは、午後の日差しを肩に浴びながら、リトルウォーフ通りをもどったのだった。

さっきリリーさんが言ったのは、また情熱を取りもどすかもしれないという意味なのだろうか。今までと状況《じょうきょう》が変わったとでも？

ひょっとしたら、また物語を書いてくれるのだろうか？

第十八章

「親愛なるRRホーキンズ様」

アルマは、へたくそなハッティー・スクリヴェナーの文字でそう書いた。

「あなたに告白しなくてはならないことがあります」それだけ書いて字を見直す。

アルマはリリーさんと公園に行ったあと、ハッティー・スクリヴェナーが自分だということを打ちあけようと決心したのだ。

「私はあなたが思っているような人間ではありません」アルマはまた手を止めた。

ひょっとしたら本当のことを言わないほうがいいのかもしれない…。アルマはふとそう思ってテーブルの上にペンを置く。正直なことを言って人を傷つけることだってあるからだ。

たとえば、親友にこの新しいブラウスどうかしらと聞かれたとしよう。変なブラウスだったら、そんなの着たらみっともないわよと言ってしまいたくなる。でもそんなこと言ったら親友が傷つく。でも言わなかったら、みんなに笑われるかもしれない。そうなったら自分のせいだ……。

アルマは頭を振《ふ》って、万年筆を手に取った。考えれば考えるほど混乱してしまう。でもリリーさんは、自分の人生でいちばん大切な「書く」ということを、本音で語ってくれた。だからアルマだってこれ以上うそをつくことはできない。

何はともあれ、リリーさんは存在しない女の子あてに返事を書きつづけてきたのだ。これは、どう言いわけしても公平ではない。

アルマは続けた。

「私はあなたがとてもよく知っている人間です」

私はハッティー・スクリヴエナーではありません。筆跡《ひっせき》もわざと変えています。じつは、アルマ・ニールがハッティーになりすましていたのです。うそをついてごめんなさい。でも、あなたが私の大好きな作家なのかどうか、どうしても調べたかったのです。お許しください。

かしこ

アルマ・ニール（ハッティー・スクリヴエナー）

木曜日の放課後、アルマは手紙を持ってチェノウェス屋敷《やしき》に出かけた。玄関《げんかん》をノッカーでたたいてそのまま家に入る。オリヴィアさんが、「ノッカーで玄関を大きくたたいたら、そのまま入ってきていいわよ」と、七月ごろ言ってくれたからだ。

その日はリリーさんの姿を見かけなかった。オリヴィアさんもちらっと現れただけで元気がない。でもバタバタと忙《いそが》しそうにしている。リリーさんが、暑さにやられて具合が悪いのだそうだ。

アルマは、帰るまえにハッティーの手紙を廊下《ろうか》のテーブルに置いた。

陰気《いんき》で冷たい土曜日の朝。

雲が低く垂れこめ、北東からしめった風が吹《ふ》いてくる。地平線のあたりに、いかにも悪天候になりそうな気配がただよう。

アルマはクララといっしょに朝食を取っていた。クララは疲《つか》れた顔をしている。夕べ、リフィー・パブで真夜中まで働いていたからだ。

「レインコートとかさを持っていってね」とクララ。

アルマは、母が救世軍のリサイクルショップで買った「新しい」秋のジャケットにうでを通した。

「ひどい天気になりそう。私はもう少し寝《ね》るからね」

アルマは、リトルウォーフ通りを歩いてチェノウェス屋敷に向かった。かわいた木の葉ががさがさ鳴って枝が激しくゆれ、風が顔に吹きつける。アルマは小道を走り、ノッカーで玄関をたたいて開けた。

「リリーさん、オリヴィアさん、おはようございます」

アルマはジャケットをドアのそばにかけて、朝食のにおいを吸いこんだ。温めたビスケット、コーヒー、そして焼いたベーコンのにおい。

オリヴィアさんが、キッチンの中でおはようと声をあげた。お皿の音が聞こえる。まだ朝食のあと片づけの最中なのだろう。リビングに入ると、机の真ん中に封筒《ふうとう》が置いてあった。クモがはうようにふらふらしている文字。だれからの手紙なのかすぐにわかった。

「アルマへ」

今読んでもいいのだろうか？　それとも仕事が終わってから？　アルマはファイルを開いた。手紙は三通ある。アルマは自分あての封筒《ふうとう》をわきに置き、インクつぼのふたをあけて清書に取りかかった。

三十分くらいで書きおえ、いすにすわり直して考える。ここで手紙を読もうか？　それとも家に帰ってから？

やっぱり家にもどってから読むことにしよう。

アルマはそう決め、手紙をジャケットのポケットに入れてキッチンに向かった。オリヴィアさんが、小さな茶色いびん四、五本を前にして、テーブルごしにすわっている。びんの中の薬を、手のひらで数えているのだ。そのあと薬をまたびんにもどし、小さなノートに何か書いた。

「オリヴィアさん、終わりました」

アルマはそう言いながらも、どうやったらリリーさんと話さないですむだろうと考えていた。

「ああ、ご苦労さま。申しわけないんだけど、母は今日あなたとおしゃべりできないの。具合があまりよくなくて」

「まあ」ほっとする一方で、良心がちくりと痛む。

「早くよくなるといいですね」

「大丈夫だと思うわ」

「それではお大事に」


「親愛なるハッティー・スクリヴェナー様」

アルマはソファーで丸くなって、手紙を読みはじめた。窓の外では、風が荒《あ》れ狂《くる》っている。

「お手紙ありがとう。思い起こせば、この数ヶ月で五、六通の手紙のやり取りをしましたね。じつはそのころから、あなたの正体を疑っていたのです」

アルマは、いつもまずいことをしたときになるように、胃のあたりが気持ち悪くなってきた。

手紙から目をはなして、RRホーキンズからもらった新しい革表紙の本を見あげる。

またやらかしてしまった…。これですべてがめちゃくちゃ。どうして告白なんかしたんだろう？　ハッティー・スクリヴェナーとして最後に手紙を書いて、それで終わりにすればよかったのに。

アルマはこれ以上、手紙を読みたくなかった。批判されても失望されても当然のことだ。それはわかっているのに、いざリリーさんのふるえる文字を読もうとするとつらい。でも勇気を出して、もういちど手紙に目をもどそう。

「こちらこそ告白しなければなりません」

手紙はそう続いていた。


私もずっと、あなたがアルマだと思っていたのですよ。どうしてだろうと、私のへたな字を読みながら首をひねっていることでしょう。

まず「スクリヴェナー」という名字です。これはあなたが前々からなりたいと思っている職業「作家」という意味ですね。次に手紙の消印を見ればわかりますが、シャーロッツバイトから投かんされているということ。そして、あなたはもう忘れてしまったかもしれませんが、ずいぶん前にハッティーという名前が好きだと教えてくれたでしょう?

アルマ、思いだしてもごらんなさい。私はお話を作りあげることで生計を立てていた、いわばプロなのですよ!

親愛なるアルマ。あなたは素晴らしい作家にはなれても、犯罪者としては成功しないでしょうね!

あなたの友人

リリー(RRホーキンズ)

追伸　明日の日曜日、お母さまといっしょにお茶にいらしてください。大切なことを話しあいたいので。

第十九章

「それでその大切なことっていうのは何なのかしらね？」

翌朝、枕《まくら》カバーに水をふりかけたクララが、アイロンをかけながら聞いてきた。

「わからないの。でもお母さんと私に話をしたいんだって」

クララにはリリーさんからの手紙のことを話していない。お屋敷《やしき》に行ったとき誘《さそ》われたということにしているのだ。

「たぶんあなたの仕事に関係があるんでしょうね。バイト代が上がるのかもよ」

クララがにっこり笑う。

そんなのどうだっていい。アルマは心の中で叫《さけ》んだ。ただリリーさんが、あたしの仕かけた——というか、仕かけようとしていた——ハッティー・スクリヴェナーのわなのことをおこらないでいてくれれば、それでいい！

午後になって、ようやく太陽が雲間から現れた。通りぞいに並ぶ家々の庭に目をやると、雨つぶが、草木やしおれた花の上できらきら反射して美しい。まるで真珠《しんじゅ》のようだ。アルマたちは服を着がえ、ぽかぽか暖かい午後の日差しを浴びながら、ゆっくりとチェノウェス屋敷に向かった。

でもアルマの胃はむかむかしたままだった。「大切な話」っていったいなんだろう？　いい話？　悪い話？　どっちつかずって本当にいやだ！

やがてお屋敷に着き、クララがノッカーで玄関《げんかん》をたたいた。いつもとちがって勝手に中には入らない。今日は仕事ではなくてお呼ばれなのだから。

ドアがとつぜん開いた。

そして、オリヴィアさんが現れるなり、「ああ！」と叫んだのだ。

「ああ！」オリヴィアさんはまた叫ぶ。まるで幽霊《ゆうれい》と格闘《かくとう》していたかのような姿だ。顔は灰色にやつれ、燃えるようにぎらぎらした瞳《ひとみ》に、ぼさぼさに乱れた髪《かみ》…。

「入って、入って！　いま電話中なの。母のことで！」

オリヴィアさんは、とびらを開けたまま、中に走りこんだ。

クララにつづいてアルマも家に入った。オリヴィアさんがキッチンで電話している。手をほおのあたりにあげて、うなずいたり頭を横に振《ふ》ったり。

「リリーさんに何かあったんだわ」とクララ。

「はい、はい！　わかりました」オリヴィアさんが受話器に向かってまくしたてる。

「すぐにまいります。それでは！」

オリヴィアさんは電話を切った。そして息ができないかのように手を胸に当て、いすにすわりこんだ。

「オリヴィアさん、何があったんですか？」クララがやさしくたずねる。

「母が…母が病院なんです。ああ、どうしよう」

クララがアルマのほうを振《ふ》り向いた。

「アルマ、やかんを火にかけて。セットがどこにあるか知っているんでしょう？」

紅茶のセットのことを言っているのだ。

「え…たぶん」とアルマ。

クララはコートをぬぎ捨てていすにすわり、オリヴィアさんのほうにかがみこんだ。

「オリヴィアさん、何があったのか教えていただけます？」

アルマはジャケットを着たまま、やかんに水を入れて火をつけた。食器だなからティーポットをおろして紅茶の葉を入れていると、オリヴィアさんが話し始めた。

朝起きたらリリーさんの様子がおかしくて、話もできない状態だったという。目を開けているのに、自分がどこにいるのかわからず、起きあがることもできなかったらしい。

「それで、電話して救急車を呼んだんです」

オリヴィアさんが、手の中のハンカチをひねりながら言う。

「でも付きそいはできないと言われてしまったの。それであなた方がいらしたとき、ちょうど電話をかけていたんです。ああ、ここで待つのは地獄《じごく》だったわ。そばにいられないなんて、もし――」

アルマはカップを三つ並べてティーポットに熱湯を注いだ。クララはいつも、熱い紅茶は魔法《まほう》のようにすべてをいやしてくれるのよ、と言っている。それが本当でありますように…。

「病院の話では、もう行ってもいいみたいなんです」

オリヴィアさんは少しほっとしたように言い、よろよろと立ちあがった。

「行かなくては――」

「まず、紅茶を少しお飲みくださいな」

クララがオリヴィアさんのうでに手をあてて、ミルクと砂糖を渡した。

「ほかに電話ではなんて？」

「容態は安定してきたらしいの」オリヴィアさんがすわりながら言う。

「それがどういう意味かわからないけど、危険だということには変わらないわ」

オリヴィアさんは砂糖とミルクを入れて、ふるえる手でゆっくりとかき混ぜた。

アルマは、ようやく何が起こったのかわかってきた。心の中に恐《おそ》ろしい黒雲がむくむくとわきあがる。

病院！　死んでしまうかもしれないんだ！　涙《なみだ》が落ちるのが自分でもわかった。

「お母さん！　リリーさんは――？」

「かわいそうなアルマ！」

オリヴィアさんははっとわれに帰ったように立ちあがってアルマの方にかけ寄り、うでをまわして抱《だ》きしめた。

「きっと母はだいじょうぶだから」

涙がぽろぽろこぼれ落ちる。どうしても止まらない。

「ほらほら、アルマ。しっかりして。泣いたってどうにもならないわ」と、クララ。

「もう病院に行くわね。用意をしないと…」

オリヴィアさんが、アルマから手をはなしながらつぶやいた。

「オリヴィアさん、お手伝いしますわ。あの、こんなことを言っては申しわけないのですが、行く前に身なりを整えられたほうが…」クララが言う。

「そう。そのとおりだわ。ありがとう」

アルマとクララは紅茶を飲みほした。

「どうなると思う、お母さん？」アルマが手の甲《こう》で目をぬぐいながら聞く。

「リリーさんはお年だけどすごく強い人だわ。そう思わない？」

「思う」

「それでじゅうぶんよ」

クララは、それですべての問題が解決したかのように言いきった。

ほどなくオリヴィアさんが、小さいバッグを手に階段から下りてきた。さっきよりいくらかふだんの様子にもどっている。顔を洗って髪《かみ》の毛をきちんととかし、グレイのカーディガンの下にはこざっぱりした青のドレス。いつものビーズのネックレスは、さすがにつけていない。

オリヴィアさんは、むりやり笑顔《えがお》を作った。

「アルマ、もしよかったらリリーさんのめがねと本を書斎《しょさい》から取ってきてくれないかしら？テーブルの灰皿のそばにあるのだけど」

ふたりがコートをはおっているあいだに、アルマは廊下《ろうか》を走って書斎のとびらを開けた。

リリーさんがいない部屋。

不自然なほど静かでしいんとしている。鉛色《なまりいろ》の灰が散らかっている冷たい暖炉《だんろ》。暗がりの中に浮《う》かぶ机。死んだように空っぽのいす。

テーブルの上に、しおりをはさんだ小説「エマ」とめがねが置いてあった。そういえば、著者のジェーン・オースティンは、リリーさんのお気にいりの作家だっけ。アルマが本とめがねを取って、とびらに向かったときのこと。

机の上の紙たばが、ちらりと目に入った。たばの上に、クリーム色の封筒《ふうとう》がななめに置いてある。アルマは、封筒の上にタイプされているあて先に見覚えがあった。シーボード出版——RRホーキンズの本を出した出版社だ！アルマは紙たばに近づいた。ひょっとしたら、RRホーキンズの新しい本の原稿《げんこう》じゃないだろうか！

上に封筒が乗っかっているので、紙の真ん中に何が書いてあるのかわからない。でも、下にはこうタイプされていた。

「RRホーキンズ」

やっぱり！　やっぱりそうだったんだ！

ついにRRホーキンズが、長い沈黙《ちんもく》を破って本を書いたんだ！　たぶんあたしが最初の読者になれる！　もしリリーさんが病院からもどってきたら…ううん、絶対にもどってくるから、そのときは読ませてくださいってたのんでみよう！

上のほうに題が書いてある。

「夢をかす店」

アルマの心はこおりついた。

あたしの物語じゃない！　いったいどういうこと？

何か理由があるはず。それとも、題だけ借りたのかな？　…そうだ。きっと題だけよ！　題を借りていいかあたしに聞こうとして、お茶に誘《さそ》ってくれたんだ！　なのに、その前に病気になってしまった…。

アルマは封筒《ふうとう》といちばん上のページをていねいにめくり、本文をのぞいてみた。

「サミュエール！」

アルマの作った物語そのものではないか！

「アルマ！　何してるの？　早く！」

アルマは頭がしびれて、何がなんだかわからなくなった。そしてそのまま本とめがねを手に部屋から飛びだし、バタバタと廊下《ろうか》を走っていったのだった。

第二十章

美しく燃えていた秋の葉が、いつのまにか色あせて、冷たい風に吹《ふ》き飛ばされていく。冬がゆっくりしのび足で、シャーロッツバイトに近づいてきたのだ。

十二月の半ば過ぎに初雪が降り、そのあと二日続けてひどい吹雪《ふぶき》になった。町は真っ白い雪におおいつくされてこごえるほど寒くなり、一月の半ばになると、ふたつの川に厚く氷が張った。雪が吹っ飛んでつるつるのところでは、スケートやアイスホッケーができるほど。

アルマはクリスマス前に二度、入院中のリリーさんをお見舞《みま》いした。病院の中は教会のように静かで、いたるところで消毒液のにおいがする。気持ちがいやされるどころか、逆に落ちこんでしまう。

リリーさんは、脳卒中で倒《たお》れたのだった。

毛布の下の体はやせ細ってかよわい小鳥のようだ。青白い顔は衰弱《すいじゃく》しきっている。せっかくお見舞いに行ったのに、二度とも目を閉じたまま。いっしょに公園を歩いた日いらい、声を聞いていない。

アルマは、空っぽの書斎《しょさい》で見たもののことをだれにも言わなかった。口に出すと非難することになると思ったからだ。

でも自分だけの秘密にするということは、だれかに助けを求めたり、悩《なや》みを聞いてはもらえないということ。つまりひとりきりで悩むしかない。アルマはずっと、原稿《げんこう》にホーキンズの名があったのは理由があってのことだろうと、自分に言い聞かせていた。

それでも、秘密を持つということじたいが、つらくてたまらない。さすがに一日じゅうそのことばかり考えていないから、ふだんは片すみに追いやっている。でも心の中にあることには変わりない。だから、どんなときでもついて回る。

もちろん秘密にも色々あって、ぽんと飛びだしてくると、つい心がうきうきするものもあるだろう。でもいやな秘密は、まるでおこったクマのようにうなり声をあげて、心の中をうろつきまわる。いくら恐《おそ》ろしくても追いはらうことができない。

アルマの抱《かか》えている秘密は、ある意味で最悪だった。疑わしいだけで、白か黒かはっきりしないからだ。

ＲＲホーキンズは、アルマの物語を盗《ぬす》んだのだろうか？　もし答えがノーなら、アルマは友人を見くびっていたことになる。考えるだけで真っ赤になるほど恥《は》ずかしい。でも答えがイエスなら、悲しくてやっていられない。

ホーキンズ、つまりリリーさんは、アルマの友人だ。土曜の午後のひとときを、ティーカップ片手に暖炉《だんろ》の燃える書斎《しょさい》で語りあったり、公園や港をいっしょに散歩した友人だ。

リリーさんは、アルマが身分をばらしてしまったときも、許してくれた。清書する手紙がないときでも、お給料をはらってくれた。本のことをたくさん知っていて、アルマにカリグラフィーを教えてくれた…つまり、アルマのためにならないことなど、したことない。

それでもアルマは、リリーさんが物語を盗んだのではないかという思いを、頭から追いはらうことができなかった。

リリーさんがあの物語をほめてくれたのは、いちどだけではない。お世辞など決して言わない人なのに。リリーさんのそういうところを好きになっていたのに。

そういえば公園を散歩したとき、リリーさんは、また物語への情熱を持てればいいのにと言っていた。ひょっとしたら「夢をかす店」は、物語を書く世界にもどるためのきっぷだったのだろうか。でもだからといって、あたしの物語を盗むなんてことをするだろうか？　アルマは、ときどきこう考えては泣きそうになる。

リリーさんが病気になったのは、罪の意識にさいなまれたせい？　ああ、真相はどうなんだろう？　アルマはもう千回以上、自分の心にそうたずねては、追いつめられてふるえる野ウサギのように、もがき苦しんでいた。

アルマはそんな自分の心を、いつか散歩のとちゅうで見た荒《あ》れくるう川の水のようだと思っている。

水の流れと正反対に吹《ふ》きすさぶ風。水面には白い波しぶきがたち、泡《あわ》が空中でおどっていた。

水がいちどにふたつの方向に行きたがっていた…まるでアルマの心のように。

そんな状態のとき、オリヴィアさんから声がかかった。今までどおり週に二回家に来て、片づけものや掃除《そうじ》を手伝ってほしいというのだ。アルマは気が進まなかったが、断ってはいけない気がしてつい引き受けてしまった。

こうして冬が過ぎ、疑わしさだけがどんどんふくらんでいった。――情け容赦《ようしゃ》なく。やがてそれは、リリーさんを信じる気持ちより強くなり、三月の初めにはついにこう考えるようになっていたのだ。

RRホーキンズは私の物語を取った――盗《ぬす》んだのだと。

第二十一章

春がきた。

いつもより暖かい春のおかげで、五月の終わりには、野球、バレーボール、リレーができ、アルマはどの競技もルイーズのつぎにうまかった。

信じられないことに、このふたりはいつのまにか仲よしになっていた。ふたりともシャーロック・ホームズのファンだったからだ。ルイーズは「四つのサイン」以外はぜんぶ読んだわ、と、得意になっている。アルマはその本を去年読んでしまったけど、べつに自慢《じまん》するつもりもない。

友達になったふたりは、いっしょにミステリーを書くことにした。いつ、どんな事件を起こそうか、そんなことでもすんなり決まる。結局、ルイーズはアルマが思いこんでいたようないやな子ではなかったのだ。

母親のクララは、春になるまでに職場のリーダー的存在になっていた。リフィー・パブのキッチンでも、ダイニングルームでも。それを知ったコーナーさんは、自分はバーに専念して、クララに食べ物のことを任せることにした。

クララは「炉《ろ》ばたのカフェ」でパスタを食べながら、昇進《しょうしん》したことを教えてくれた。

「コーナーさんと私って、案外いいコンビなのかもね。あの人は食べ物のことをまるでわかっていないでしょ。でも私はお酒のことをまったく知らないから、コンビを組むとちょうどいいみたい」

アルマは休みに入るのが楽しみだった。クララがこんなことを言ってくれたからだ。

「ハリファックスまで旅行してみない？　亡くなったお父さんのお姉さんがいるから」と。


六月なかばのある土曜日のこと。

アルマは入り江のそばの公園でベンチにすわり、ノートに万年筆を走らせていた。

午後の湿《しめ》った空気が、スイセン、チューリップ、アヤメ、そして潮のかおりを運んでくる。

地平線に、雲がだんだん現れてきた。アルマは時おり、何かを探すようにその雲を見あげ、探していたことばを夢中でノートに書きつける。

「アルマ」

アルマはベンチわきの車いすの老婆《ろうば》に向かって、にっこりほほえんだ。ぽかぽか暖かいのに薄手《うすで》のウールの手ぶくろをはめ、黒っぽいショールを巻いている。

「はい。リリーさん？」

アルマは、しわだらけの顔の真ん中の落ちくぼんだ黒い瞳《ひとみ》を見つめた。への字の口もとが引きつっている。リリーさんは瞳をすっと空に向けたので、アルマはその方向を追った。

「ええ。リリーさん、見えましたよ」

ハクトウワシが飛んでいるのを、教えてくれたのだ。

入り江の上空で、ペン先でつついた点のようなハクトウワシが、翼《つばさ》を止めたまま風に乗っている。まるで、大空の丸天井《まるてんじょう》に見えないインクで絵を描《えが》いているみたいに。

リリーさんはまったく無表情で、アルマの言うことがまるでわからないように見える。でもそれは脳卒中の後遺症《こういしょう》で顔の神経が麻痺《まひ》しているからだ。

少しは立って歩けるが、右足はほとんど使えず、右手にいたっては完全に動かない。でも何より悲しいのは、片言しか話せなくなってしまったことだ。

なんて残酷《ざんこく》なんだろう。あんなに頭のいい女性が、ことばを伝えられなくなるなんて。物語をつむぐ天性の才能があるのに。魔法《まほう》のことばをあやつることができるのに。

でも、アルマにはわかっていた。リリーさんのきらきら輝《かがや》く瞳には、まだエネルギーが満ちあふれている。そしてその奥《おく》に横たわっている精神は、相変わらずするどくて活発であると。

リリーさんはふた月ほど前に退院したのだった。

オリヴィアさんはクララと話しあったうえで、アルマにリハビリを手伝って欲しいとたのんできた。

そのためアルマの仕事はまた変わった。手紙の清書やかんたんな家事手伝いから、週に二回リリーさんの付きそいをするというものに。そして、RRホーキンズに手紙を出した人はみな、**「作家は闘病中《とうびょうちゅう》のためお返事を書くことができません」**という手紙を受けとるようになった。

初めのうち、アルマはお屋敷《やしき》に行きたくなかった。ＲＲホーキンズが最高だという気持ちは変わらないし、脳卒中から回復するように心から願っている。でも、いっしょにいたくない。でも、いやですなんて言えっこない。リリーさんが何をやったとしても、きらいになんてなれない。それにオリヴィアさんには、あなたがそばにいるとリリーさんが元気になるからどうか助けてね、と言われている。なのに、どうして断ることができるだろう？

アルマは自分の心に聞いてみた。

リリーさんは、あたしのしたことをぜんぶ許してくれたじゃない。今度はあたしが、リリーさんの力になる番よね、と…。

そして四月の終わりに、アルマの心を悩《なや》ませていたなぞが、ついに明らかになったのだ。

リリーさんは、相変わらず大空を飛ぶハクトウワシを目で追っている。やがて、ぽつりとつぶやいた。

「マ…ティ…ア」

「本当ですか？　リリーさん。『マンティコア』には今週に入って二度も行ったのに？」

「マ…ティ…ア」

アルマはほほえみながらベンチから立ちあがり、車いすのハンドルにかかっているバッグにノートを入れた。そしてウールの毛布をリリーさんの足にかけ、使えない方の手をショールでおおう。リリーさんがにっこりとほほえみを返す。

アルマはゆっくりとリトルウォーフ通りからグラフトン通りまで車いすを押《お》した。そして東に曲がって小学校を通りすぎ、四つ角にある本屋へ向かった。

この「マンティコア」という本屋には、四月まで来たことがなかった。新しい本しか売っていないからだ。

アルマは、店のウィンドーの前で車いすを止めた。

「よかった。まだ並べてありますよ」

ガラスの向こうには、「国内の作家」ときれいに書かれた看板が見え、下に本が積んである。

アルマはその本の表紙を見つめながら、あの日のことを思い返した。

しいんと静まりかえった書斎《しょさい》。

机の上の原稿《げんこう》。

そして、その上に乗っていた封筒《ふうとう》――。

原稿の表紙の下のほうには「ＲＲホーキンズ」という文字が見えていた。

もしあのとき、アルマがちゃんと封筒を取りのぞいていたら――そうしたら、今見つめているこの本の表紙と同じものを見たはずだった。

夢をかす店

アルマ・ニール作

編集と序文　ＲＲホーキンズ

「ふう……」ＲＲホーキンズが満足げにうなずく。

「ええ、リリーさん。まだ並んでいましたね」とアルマ。

「そろそろ家にもどりましょうか」

第二十二章

次の日の朝食は、ベーコンと目玉焼きとトースト。アルマはくちびるをなめながらトーストをちぎり、流れだした黄身のおいしいところをパンでふいた。そのあと、ぶ厚いピンク色のベーコンと目玉焼きをひとくちサイズに切りわけ、フォークに乗せて口に放りこむ。

「まったく芸術的な食べ方をするわねえ」

紅茶をすすっていたクララがつぶやいた。アルマは、おいしそうにほおばりながらうなずく。

クララは、テーブルを片づけたあといったん寝室《しんしつ》にもどり、一冊の本を持ってきた。

「すわってちょうだい、アルマ。食器を洗うのはあとでいいわ」

クララが本をテーブルに置いて言う。

「サインしてくれる？」

アルマはいすにすわってペンを取り、本の最初のページにきれいな字でこう書いた。

「世界一のお母さんへ　愛をこめて　アルマ」

「お母さんは、このことをぜんぶ知っていたの？」

「ええ。リリーさんはね、倒《たお》れられたあの日曜日、つまりお茶に呼ばれた日に、この物語を出版社に送るつもりだって話すおつもりだったそうよ。あとになってオリヴィアさんから聞いたの。リリーさんが退院して落ちついたあとにね。私は、どうぞ話を進めてくださいってお願いしたわ。あなたをびっくりさせようと思ったの」

クララは本をつまみあげて、何ページかめくった。

「リリーさんは素晴らしい序文を書いてくださっているわね。あなたには天性の想像力があるって」

「あと、あたしのことを特別な友人だって書いてくれているの」

アルマは、いすの上で得意げに体を伸《の》ばした。クララが本を渡しながら言う。

「読んでみてちょうだいよ」

アルマは本を受けとってページを開いた。そして誇《ほこ》らしげにほほえんでいる母の前で、本を読み始めたのだ。

夢をかす店

アルマ・ニール作

第一章

「サミュエール！」

わあ、またおこられちゃった。

「まったくこの子は！　うしろをごらんなさいよ！」

サミーは、水そうをかかえて立ちすくんでいました。なかの水をこぼさないように気をつけながら。かたをすくめているのは、おこられるときのいつものかっこうです。

ふりかえると、ゆかが茶色い足あとだらけ。ドロのついた長ぐつで歩きまわったせいです。サミーは水そうのなかのオタマジャクシに気をとられて、長ぐつのことなどすっかりわすれていたのでした。

「ごめん、ママ！　すぐふくから」

ところが、長ぐつがなかなかぬげません。ようやくぬげたと思ったら、子犬のえさ入れのところまでふっとんで、ドッグフードがちらばりました。

「うわあっ！　しまったあ！」

あわてたひょうしに、足がつるっとすべりました。

ガッチャーンッ！

キッチンのゆかは水びたし。ぷかぷかうかんでいるのは、くさった海草とさっき数えたら百七匹いたオタマジャクシ・・・。

お母さんが、うでぐみしながらどなりはじめました。耳から湯気がぽっぽっと出ていてもおかしくないくらいおこっています。

一面にちらばったドッグフード。ぴょんぴょんはねるオタマジャクシ。サミーはくさい水たまりの中にすわりこみ、またがっくりとかたをすくめたのでした。

サミーは、たっぷりおせっきょうされてへやにもどりました。レコードを聞こうとしたら、お母さんのさけび声がします。

「レコードはだめよ！」

雑誌《ざっし》をめくろうとすると、

「雑誌もだめよ！」

ラジオで野球を聞こうとすると、

「ラジオもだめよ！」

サミーは、ベッドにどさっとつっぷしました。ひどいよ。わざとやったんじゃないのに！　サミーは、昨日《きのう》やおとといもおこられたのです。

昨日は、お父さんの花だんをぐちゃぐちゃにしたから。おとといは、自転車をお父さんの車に立てかけたから。先週は、たまごを鼻の上に立てて遊んだから。

でもサミーは、こんなにおこられるなんてひどいと思っています。

お父さんもお母さんも、いつもおこってばっかり！　ぜったいぼくにきびしすぎるよ。きっとぼくのことすきじゃないんだ。ぼくなんて生まれてこなきゃよかったと思っているんだ。

ひょっとしたら、本当の子じゃないのかも。どっかでひろった子なのかも。じゃないと、ひどすぎるよ！

第二章

学校に行くとちゅうには、図書館があります。大きなとびらとぴかぴかの取っ手。なかは本でいっぱいの別世界《べっせかい》。サミーは小さいころからこの図書館が大すきでした。

はじめて来たのは、字を読めるようになってすぐのころ。お父さんが図書カードを作ってくれたからです。サミーは、生まれてはじめての名まえ入りカードがうれしくてたまらず、どこにどんな本があるのか、あっというまにおぼえてしまいました。

さて土曜日。

サミーは、今週も図書館にやってきました。お母さんにおこられたことで、ごきげんななめのまま。

サミーは着いてすぐトイレに行きたくなって、地下へおりました。地下は、じめじめしてどこを見てもまっくら！　思わずぞっとして目のまえのとびらから出たとたん、とびらがバタンとしまりました。そしてかぎがかかったのです。

わあ、図書館の外にしめだされちゃった！　どうしよう！

サミーはあたりを見まわして、そばにあった階段《かいだん》をかけのぼりました。するとそこは、お日さまがさんさんとふりそそぐ明るい小道でした。

なめらかな石だたみの道には「希望通り《きぼうどお》」というかんばんが立っています。両わきの店からぷうんとただよってくるのは、チョコレート、やきたてのパン、あついバターをかけたポップコーンのいいにおい・・・。

つきあたりに、小さなおんぼろの店が見えました。ほこりまみれの古いつむぎ車がかざられ、昔っぽいかざり文字で店の名まえが書いてあります。――「夢をかす店」と。

サミーは、おそるおそる店に入りました。時計を見るとちょうど十一時半。十二時にもどらないと、図書館員さんの読み聞かせにまにあいません。

木の箱が、かべいちめんにならんでいます。なかには手書きのカードがぎっしり。

「いらっしゃい！『夢をかす店』にようこそ。あたしゃあ、クリオっていうんじゃ」

とつぜん、黒板をつめでひっかいたようなきいきい声が聞こえ、やせっぽっちのおばあさんがはしごのうしろからとびだしてきました。

歯のあいだにすきまがあって、かみの毛はまっ白。耳のうしろにえんぴつをはさみ、花がらのドレスにブーツ、野球帽《やきゅうぼう》というおかしなかっこうです。

「こんにちは」

サミーはきょろきょろしながら言いました。いったい何千枚のカードがあるのでしょう。

「あのう・・・なんで『夢をかす店』っていうんですか？」

「それはな！」ちっぽけなおばあさんなのに、びっくりするほどの大声です。

「図書館では本をかすじゃろう？　それと同じように、ここでは夢をかすんじゃよ」

サミーは顔をしかめました。どういう意味でしょう？

「悪い夢はかりないように気をつけな！　こわい夢もやめること！」

サミーの気もちなどそっちのけで、クリオはぺらぺらしゃべり続けます。

「うちには、どんな夢だっておいてあるよ。ひるね用も夜用も！　でも、すてきな夢だけじゃなくって、なかにはとんでもない夢もあるから用心するんだね！　おわかりかい？」

クリオは、両うでを大きく広げました。

「ふざけた夢もあれば、おもちゃの夢、デザートの夢、スポーツの夢、それにペットの夢だってある。さあ、何でもいいからかりておいき！」

サミーはいちばん近くの箱をのぞきこみました。図書カードとちがって番号がありません。文字だけです。

「はあ・・・?」

「よっしゃあ!」クリオはサミーが「はい」と言ったと思ったのか、いきなり大声でさけびました。

「どの夢にするかい?」

そのときとつぜん、サミーのおなかが、ホッキョクグマのうなり声みたいにグーグーなりました。朝ごはんを食べていなかったからです。

「わかったあ! たべものの夢に決まりい!」

サミーが目をぱちくりしているまえで、クリオははしごを登りはじめました。

「デザートの夢なんかどうだい?」

「へえ、いいなあ!」

クリオは赤いふうとうをつまみながら、はしごをかけおりました。

「ねるときに、まくらの下にさしこめばいいんじゃよ。一週間で返しておくれ。それから――」

クリオは白いまゆをひそめ、サミーの鼻先で指をくねらせました。

「使うまえに、ふうとうのなかのカードに名まえを書くこと。わすれないように！」

「はあい、わかりました」

サミーは、図書館へ行く道を教えてもらって外に出ました。

うで時計を見たらちょうど十一時半。さっきからぜんぜん進んでいません。サミーは首をひねりました。こわれてしまったのでしょうか・・・？

しかも図書館に着いたら、かぎがかかったはずのとびらがかんたんに開いたのでした。

第三章

サミーはベッドに行くのが待ちどおしくてたまりません。

ほんとうにデザートの夢を見られるのでしょうか。いっこくも早く知りたくて、宿題をすませたらすぐにねることにしました。

「え？　まだ七時半だよ」

お父さんがびっくりしてさけびました。サミーがうで時計を見るとたしかに七時半。もう時計もちゃんと動いているようです。

「どこかぐあいでも悪いんじゃない？　こっちに来ておでこをさわらせて」

お母さんが、心配そうに聞きました。

「ううん。ほんとうにだいじょうぶ。ちょっとつかれちゃっただけ」

サミーは、おかしな顔で見つめあうふたりをおいて階段をかけのぼりました。そしてパジャマに着がえ、赤いふうとうからカードを取りだしました。

クリオに名まえを書くように言われましたが、どうもその気になれません。夢が見られるなんて、まだしんじられないからです。

でもやくそくしたのを思いだして、黒インクで書くことにしました。お気に入りの万年筆を使って。

サミーはカードをまくらの下にすべらせ、ふとんをかぶってあかりを消しました。目をぎゅうっとつぶってねようとしますが、どうもねむくなりません。あれこれよけいなことが、頭にうかんでくるばかり。

もう夢なんて見なくていいや・・・。あきらめたとたんに、サミーはこてんとねむってしまいました。

サミーは海水パンツすがた。

足もとには、キャンディーでできたとびこみ台があります。とびこみ台を大きくはずませて、チョコレートの湖にとびこみました。

とろりとあまいチョコレートのなんておいしいこと！　口をあけなくても、体じゅうのひふでおいしさを味わえるのです。

フルーツでいっぱいの島を通りすぎました。パイナップル、マンゴー、プラムにオレンジ・・・。

さらさらのおさとうの浜辺《はまべ》にクロールで着いてひとやすみ。また泳ぎだすと、こんどはコーラやジュースの味がします。

いつのまにかキャンディーでできたすべり台をすべり、ホイップクリームのびんにつっこみました。

びんからはいあがって、ヌガーの道を走ります。ヌガーの道には、いちごジャムがべったり。サミーはつるんとすべって、テーブルにぶつかりました。見あげると、テーブルには、おいしそうなお菓子《かし》がたくさんならんでいます！

ケーキ、タルト、エクレア、ドーナツ・・・。


つぎの朝、サミーはしぶしぶベッドから起きあがりました。かがみを見ると、くちびるにキャラメルがくっついています。なめてみるとおいしいのなんのって！

「サミー。朝ごはんよ！」とお母さんの声がしました。

「いらないよ。ママ。おなかいっぱいなんだもの！」

第四章

サミーは、土曜のたびに「夢をかす店」に行くようになりました。

図書館の地下のとびらをくぐると、たちまち時間が止まります。だから夢をえらぶのに、いくらでも時間をかけられるのです。図書館にもどっても、サミーがいなくなっていたことにだれも気づきません。

ある日の学校がえり。

サミーは、自転車をこぎながらこんなことを考えていました。きょうこそ自転車をきちんとしまって、お父さんにほめてもらおうと・・・。それで、いつもより注意しながら、ガレージのかべと車のあいだをそろそろ通りぬけました。

ところが、サミーはだいじなことをわすれていたのです。

お父さんが、自転車に荷台を取りつけてくれたことを。そしてその荷台のはばが、ハンドルよりほんのちょっぴり広いということを・・・。

キィーーーーッ！

車をきずつけてしまったサミーは、外出禁止《がいしゅつきんし》になりました。


それから二週間。

サミーはようやく外出禁止がとけたので、図書館に向かっています。ふきげんそうに空きかんをけりながら。

おじいちゃんも、お父さんにこんなきびしかったのかな？　ううん、まさかね！

ただ、お父さんが、ぼくのことをきらいなだけだよ。

どうせぼくなんか生まれなきゃよかったんだ。どうせ子どもなんて欲《ほ》しくなかったんだ。ふん。どうせ、どうせ・・・。

サミーは、お父さんたちにおこられるたびに、こうやっていじけてしまうのです。

さて、「夢をかす店」に入ったサミーは、箱の列をいくつも通りすぎました。

「スポーツ」「ごちそう」「友だち」――もうぜんぶかりてしまったな。

「しゅみ」「ペット」――なかなか決められないよ。じゃあ、また「デザート」をかりることにしようかな。場所もわかっているし。

ところが、たどりつくまえに、テーブルの上にあった箱を落としてしまいました。

「おやまあ、すごい音じゃないか！」

クリオが、はしごの上からさけびました。

「ごめんなさい・・・なんでもないです！」

サミーはふうとうをひろって、箱にすぐもどしました。そのとき、一枚のカードがふうとうからすべり落ちたのです。

いっしゅん、知らんぷりしようかと思ったサミーでしたが、考えなおしてテーブルの下をはいつくばり、ほこりまみれのカードをひろいあげました。カードにおしてあるのは「子ども」というスタンプ・・・。

子ども？

へえ！　子どもの夢なんか見たい人が、世のなかにはいるんだ！

意外に思いながらカードをうら返すと、かりた人のサインがびっしり。右上には、百二十五という番号がふってありました。

えっ？　百二十五枚目のカード？　サミーはびっくりしました。デザートのカードでも三十四枚目なのに？

まさかじょうだんだろ？　子どもの夢を見たい人がこんなにいるなんて！

サミーはそう思いながら、カードに目を走らせました。すると、知っている名まえがあったではありませんか！

お母さんの名まえ。

そして、そのあとすぐにお父さんの名まえが・・・。

しかもいちどだけではないのです。ふたりは何度もくり返しくり返し、「子ども」の夢カードをかりていました。

とつぜん、サミーの胸《むね》にあついものがこみあげ、体ぜんたいに広がっていきました。

いまようやくわかったからです。

お父さんもお母さんも、サミーがこの世にあらわれるのを、心の底《そこ》から望《のぞ》んでいたということを・・・。

完

アルマは本を閉じて、手のなかでゆっくりとうら返した。そして背表紙を指でなぞり、もういちどカバーの文字を目でたどった。

テーブルの向こうで、クララが誇《ほこ》らしげにほほえんでいる。すり切れたえりもとに、つややかな栗色《くりいろ》の三つあみをたらして。

「ねえ、アルマ」とクララ。

「なあに？」

「あなたって本当に『すばらごに』！」

あとがき

この物語の舞台《ぶたい》は、小さな港町シャーロッツバイト。著者のウィリアム・ベルは、毎年奥《おく》さんと訪れるカナダのプリンスエドワード島、シャーロットタウンをイメージしながらこの物語を書いたそうです。プリンスエドワード島は「赤毛のアン」で有名なので、ご存じの方も多いでしょう。

著者のベルは、いまカナダでもっとも注目されている作家のひとりです。ベルは今まで、高校や大学で英文学の教師をしながら十三冊の本を出版してきました。

代表作Stones（二〇〇〇年出版）は、その年最高の本としてカナダ図書協会から選ばれ、Zack（二〇〇一年出版）は、ミスター・クリスティーズ・ブック賞を取っています。

日本では、Speak to the Earth（一九九四年出版）が、「地球からのメッセージ」（広瀬美智子訳）として文溪堂《ぶんけいどう》から一九九六年に出版されました。これは、自然保護運動に目覚めた少年の物語です。

本書「アルマ」はベルの十二作目の作品。それまでの作品とは趣《おもむき》のちがう、静かな心の交流を描《えが》いた珠玉《しゅぎょく》の作ですが、いかがでしたか？

物語の時代は、今から七十五年前。夫や私の両親が生まれたころで、人々の暮らしは、今とまったくちがいました。

たとえば、三十四ページに「氷屋さんの馬のガートルードが、荷馬車を引きずっている」という文章があります。アルマが馬の名前を知っているのは、氷屋さんと顔なじみだからでしょう。

でもじつは、この時代、だれもが氷屋さんと知り合いでした。冷蔵庫を冷やすために、毎日のように氷のかたまりが必要だったからです。夫の母も私の母も、新婚《しんこん》のころ氷式の冷蔵庫を使っていたそうですが、大して冷えないうえに、氷の溶《と》けた水が受け皿からあふれて水びたしになるので大変だったと聞いています。

「冷蔵庫の受け皿にたまった水を捨てるのを忘れないでよ」と、アルマが母親に言われている十二ページのシーンも、当時の冷蔵庫の話を聞いて、ようやくイメージがわいたものでした。

氷式の冷蔵庫。パソコンもケータイも、テレビもない世界。

たった七十五年前なのに、想像できないほどちがいますね。不便だっただろうけど、電化製品に心を支配されなくてすむのは、むしろぜいたくでうらやましい気がします。

アルマの家には、当時だれもが持っていたラジオさえありません。それに、お母さんが働きづくめなので、お手伝いするのが当たりまえ。そんな状況《じょうきょう》でも、アルマは文句も言わず、本を読んだり物語を書いたりしながらひとつの夢を追いかけていました。

それは作家になること。あこがれの大作家、ＲＲホーキンズのような…。


やがてアルマは、リリーさんという気むずかしいおばあさんの家でアルバイトを始めます。しかし、ふとしたことからリリーさんの正体に疑問を持ちました。アルマは知恵《ちえ》を働かせてなぞを解き明かそうとしますが、はたしてうまくいくでしょうか?

物語は、なぞ解きの要素が加わったあと一気に展開していきます。でも基調に流れているのは、アルマとリリーさんの静かな心のふれあいでしょう。

はじめアルマは、リリーさんのことがきらいでした。それがいつしかひかれていき、やがて友情に変わっていきます。

ところが、ある事件をきっかけに、アルマはその友情に疑いを持つようになったのです。

そして――。

著者のウィリアム・ベルは、アルマの思いを通して「裏切り」や「許し」などの心もようをていねいに描《えが》いています。良心の呵責《かしゃく》や切り裂《さ》かれるような胸の痛み、そして許すまでの心の揺《ゆ》れや葛藤《かっとう》……そんな心のあやを掘《ほ》り下げて描くことが、ひとつのテーマだったのではないでしょうか。

もうひとつのテーマは、リリーさんとアルマの、年齢《ねんれい》を超《こ》えた友情そのものにあるでしょう。年が六十歳《さい》も離《はな》れているふたりが対等に友情を築くということは、現実問題としてなかなかあるものではありません。

でもこの物語では、「本」という共通の興味対象が、あえて世代間のギャップを越《こ》えてふたりを結びつけたことになっています。

いま若い人の読書離れがさかんに論じられていますが、「本」というものの原点には、このように人を結びつける強い「力」があるのではないでしょうか。本作りにたずさわる者のひとりとしては、そう願ってやみません。

二〇〇六年十月

岡本さゆり

ウィリアム・ベル

カナダのトロント生まれ。地元の高校や、ハルピン工科大学（中国)、ブリティッシュ・コロンビア大学（カナダ）で教鞭をとりながら、今までに十三冊の本を出版。
代表作に、Stones、Zack などがあり、Zack はミスター・クリスティーズ・ブック賞を受賞している。

岡本さゆり

上智大学文学部卒。外資系企業で働いたのち、翻訳を始める。
代表作に、「歯みがきつくって億万長者」ジーン・メリル（偕成社)、「ほんとがいちばん？！」エリーサ・カーボーン（文研出版)、「正しい魔女のつくりかた」アンナ・デイル（早川書房）などがある。

アルマ　運命のペン

2006年10月31日　第1刷発行

著者　ウィリアム・ベル

訳者　岡本さゆり　translation © 2006 Sayuri Okamoto

装丁・イラスト　カワイユキ

発行人　宮本　功

発行所　株式会社　朔北社

〒191-0041　東京都日野市南平 5-28-1-1F

tel.042-506-5350 fax.042-506-6851

振替 00140-4-567316

印刷・製本　株式会社　シナノ

Printed in Japan　ISBN4-86085-043-2　C0097